プロローグ　第二王子殿下の糾弾 …… 5
第一章　学院の卒業パーティーに招待されました …… 7
第二章　『あの男』との因縁を明かしました …… 70
第三章　優しい方々との交流が深まりました …… 112
第四章　領地の皆の暖かさに触れました …… 155
第五章　『アレ』に目をつけられました …… 178
閑話一　バーデンフェルト侯爵の交渉　～私など、まだまだ雛鳥だよ～ …… 203
閑話二　アレクシアの奮闘　～婚約白紙の顛末～ …… 227

プロローグ　第二王子殿下の糾弾《きゅうだん》

「イルムヒルト・リッペンクロック！　妾《めかけ》の子の分際で、異母姉であるメラニー嬢を排除せんと、危害を加えようとは許しがたい。潔く罪を認め、大人しく縄に付け！」

王宮の大広間。今、ここで行われている学院の卒業パーティーにて、卒業生代表挨拶をしていた第二王子エドゥアルト殿下《でんか》が、壇上から私に指を突きつけて名指しで糾弾します。

会場は静まり返り、卒業生を祝うために集まった大勢の貴族達が、固唾《かたず》を呑んでこの場の状況の推移を見守っています。

一体、殿下は何を言っているのでしょう。

私はメラニー様に何もしていませんし、殿下はそれ以外にも、盛大に勘違いをしています。

それに、いくら王族とはいえ、無位無官の殿下には罪を暴き罪人を裁く権限などありません。

こんな衆目を浴びる舞台に出るつもりなどなかった。

この王宮に居る『アレ』に、目をつけられるわけにはいかないのに。

本当は、別室で話を進めるよう、お招き頂いたアレクシア様を通じてお願いをするべきなのでしょう。

しかし殿下は……よりによってこんな大勢の貴族達の前で、聞き捨てならない発言をしました。

あまりの怒りに、今すぐ殿下を殴りつけたくなり、両の拳を強く握りしめます。

「イルムヒルト様、落ち着いて」

後ろから、マリウス様が小さく声を掛けて下さいました。

……我を忘れてはいけません。いきなり殿下を殴りつけたら、それはそれで『あの男』の思うツボになりそうです。

拳の力を抜き、もう大丈夫だと、後ろにいるマリウス様に頷《うなず》きました。

殿下にはこの場で、あの発言を撤回させなければなりません。

どのように問い詰めるべきか思いを巡らせ、決意をもって顔を上げ、殿下を見据えました。

第一章　学院の卒業パーティーに招待されました

ここシュタインアーベン王国は、二百年ほど前に成立しました。

王国成立以前には、周辺に覇を唱える帝国がこの地にあったのですが、周辺国と戦争を繰り返し、それにより疲弊した国内貴族達が帝室へ叛乱《はんらん》し、帝国は倒れました。その叛乱の主導者を王として、シュタインアーベン王国は生まれました。

前身の帝国と比べて領土は縮小しましたが、肥沃な領地や交通の要衝を多く持つ豊かな国です。

ただ、前身たる帝国への恨みを、周辺国が忘れたわけではありません。

ですから、周辺国との国境付近では、小さい諍《いさか》いや小競り合いは絶え間なく続いています。

軍拡と戦争に明け暮れた帝国末期からの反省を元に、我が国は王への過度の権力集中を避けるため、各国政の分野に長官職を置き、長官を支える省や庁という官僚組織を作りました。それに各地を治める領主達も、統治を実行するのに多くの文官を必要としました。

この制度を維持するため、国や各地の有力領主達によって多くの教育機関が作られました。

王立学院はその最高峰に当たり、貴族の子女が十五歳から三年間をかけて、領主や上級官僚となるための必要な知識を学ぶため、国によって設立されています。

当初は領主や上級官僚になれるのは貴族男性だけで、貴族令嬢達は淑女教育を受けるカリキュラムだけでしたが、官僚組織が大きくなるにつれ、優秀な平民にも門戸を開き、貴族令嬢も領主や官僚になるカリキュラムを選択できるようになり、今に至ります。

王立学院の卒業生はシュタインアーベン王国の将来を担う人材と認識されています。

ですから学院の卒業パーティーは、領政や国政などの実務に入っていく卒業生達と、今後仕事で関わる上役達との顔合わせなども含めた、重要な社交の場となっています。

そんな位置づけの卒業パーティーは、定例で開かれる社交イベントの中でも規模の大きい部類に入ります。

本日は正にその、王立学院の卒業記念パーティーの開催日。

例年であれば、会場は学院の大講堂であり、卒業生以外の学院生はほぼ全員が運営やスタッフとして参加する、学院中が大忙しのイベントとなります。

ただし例外として、卒業生に兄姉が居る場合は家族として、婚約者がいる場合はパートナーとして招かれることから、スタッフとしての参加は免除されます。

ところが今年は、王族の卒業生がいらっしゃいます。そのため、卒業生以外の外部参加者――

王族との繋がりを求め参加する貴族達が予想以上に増え、大講堂ですら入りきらなくなり、王宮大広間での開催に変更されました。

そうなると今度は警備上の理由から、下級生全員をスタッフとして使うわけには行かなくなりました。多数の学院生を一度に王宮に入れるわけにもいきません。でも下級生にスタッフとして働いてもらうのも、教育の一環としてのことです。

上層部の葛藤の結果、妥協点として、来賓や家族、パートナー枠で参加予定の者を除いた成績優秀者な下級生のみに、王城の使用人の指示の下で働くことで経験を積ませることになりました。王城の仕事を実地で経験できるとあって、選ばれた一部の学院生は歓喜したそうです。選ばれなかった人は悔しがる人もいれば、休日扱いとなって喜んでいる人もいるとか。


この私、イルムヒルト・リッペンクロックも、学院に籍を置く一年生です。

王都から南西、国境線と王都とのほぼ中間地に位置する、長閑な田舎の領地を治める子爵家の生まれで、先日十六歳になりました。

亡くなった母はもっと背が高かったのに、私はといえば同年代の女性の中でも背が低めで、実年齢よりも下に見られがちなのが悩みの種です。

私も今日はパーティーに参加予定なのですが、スタッフ参加でも、家族枠やパートナー枠でもなく、卒業生の先輩から来賓としてご招待頂きました。

この一年、私自身は事情があって学院には通っておりませんが、一年先輩に当たるバーデンフェルト侯爵令嬢アレクシア様には、何度か学院にお招き頂きました。

その際に色々あって友人となったアレクシア様よりご招待を受けたのです。

アレクシア様の他、卒業生や在院生のご友人の方々には大変懇意《こんい》にして頂きました。

ちなみにアレクシア様は、卒業生代表——エドゥアルト第二王子殿下の婚約者でいらっしゃいます。エメラルドグリーンの瞳に、お母様似の明るめのアッシュブラウンの髪を伸ばした、柔らかい雰囲気のお方です。

以前はもっと儚げな雰囲気のある方でしたが、最近ではその雰囲気は鳴りを潜め、柔らかいながらも凛とした佇まいが人目を惹き、特に後輩のご令嬢達の憧れとなっています。

私としても、アレクシア様はスラッと背も高くて、女性として出るところは出ておられるのが、何とも羨ま……分けてほ……いえ、何でもありません。

学院にお招き頂いた際に、殿下や側近の方々にお会いする機会はありませんでしたが、本日は、パーティー後に殿下や側近の方々を交えた『会合』をしたいので、そこにもご臨席頂きたい、とアレクシア様から伺っております。

私が本日お招き頂いたのも、アレクシア様やその同級生の皆様を言祝《ことほ》ぐよりも、その後の会合の方が主目的だったりします。

アレクシア様からは、バーデンフェルト侯爵家で馬車を出して頂けると伺っていますので、今回の王都訪問のために取った宿にてお迎えを待っています。

「只今侯爵家の馬車が到着致しました」

従者のハンベルトが扉の外から、お迎えが来たことを知らせてくれました。部屋を出て宿の玄関に向かうと、侯爵家の家紋の付いた馬車が表玄関の前に停まっていて、ちょうど中から人が降りてくるところでした。

「イルムヒルト様、お迎えに上がりました」

「え!?　どうしてマリウス様が？」

馬車から降りてきた男性は、アレクシア様の弟君に当たります、バーデンフェルト侯爵のご嫡男マリウス様でした。

マリウス様は私と同じ学院一年生です。アレクシア様と同じエメラルドグリーンの瞳に、お父様似の暗茶色の髪と顔立ちをお持ちのお方です。

背丈も既にアレクシア様より若干高く、引き締まった体躯でスラッとしておられますが、十六歳という年齢からなのか、どこかまだ、少年のままのような雰囲気をお持ちです。

私は学院には通っていませんので、マリウス様とは、以前アレクシア様に邸にお招き頂いた際に少し話をした程度の面識ですが。

「本日のパーティーは、僕がエスコートさせて頂きます。目立ちたくないという事情は姉上から伺っていますが、若い女性が一人で参加するのは却って目立ちますので」

マリウス様は私に微笑んで、自分が来た理由をそう説明します。

「私をエスコートしても、マリウス様の方は大丈夫なのですか？」

思わず私は聞き返します。

というのも、マリウス様はまだ婚約者を決めておられません。

爵位を継がずスペアにもならない三男以降ならともかく、高位貴族のご嫡男で、学院生の歳にも拘らず婚約者の女性がまだ居られないというのは珍しいです。

ですからマリウス様は、学院内ではご令嬢達の注目を集めていると伺っています。

「姉上が賓客としてお招きした方ですから、一人でというわけにはいきません。それにイルムヒルト様のエスコートは、僕の方から姉上に申し出たことです。気高く美しい貴女の隣に立たせて頂ける機会を頂ければ光栄です」

そう言うマリウス様の私へ向ける視線は、なんだか熱を帯びているような気がします。

でも侯爵様のご嫡男ですし、いずれどこかの高位貴族のご令嬢と婚約なさるでしょうから、これも社交辞令なのだと思いますが。

「私は一介の子爵家の出ですから、侯爵家の方に持ち上げられ過ぎても困ってしまいます」

「僕は社交辞令のつもりではないのですけどね。父上も姉上もイルムヒルト様には感謝していますし、僕にとっては眩い女性ですよ」

同年代の貴族家の男性とは殆ど接したことがないので、こうストレートに評されるのが気恥ずかしいです。

「まあ、お世辞でも嬉しいです。では、お願い致しますね」

マリウス様の差し出した手に、自分の手を重ねます。恥ずかしさにちょっと顔に熱が集まっている気がしますが、マリウス様には気付かれていませんよね？


馬車の中にマリウス様と共に乗り込みます。

未婚の身でマリウス様と二人になるわけにはいきませんから、私の横にハンベルト、向かいにマリウス様と、車内で待機していたお付きの侍女の四人で座席に座ります。

「本日は、アレクシア様の学院ご卒業おめでとうございます」

「有難うございます。イルムヒルト様にお祝い頂くと姉上も喜ぶと思いますので、後ほど姉上にも直接ご挨拶頂ければ有難いです」

まずはご挨拶を交わします。

そういえば、私はパーティーの後に所用があるのですが、その所用にはマリウス様は参加されないはずです。

「帰りはどのような段取りになっているのでしょうか」

「帰りも僕がお送り致します。パーティーの後の会合の件も父や姉上から伺っています。流石に僕が参加できる話ではないので、会合の部屋の外で待機することになっています。万が一のことがあったら、すぐに父を呼ばないといけませんから」

ああ、なるほど。会合に向こう側の介入があった場合に備えるわけですね。

「今日のお召し物は落ち着いた色で、イルムヒルト様の美しさが引き立ちますね。惜しむらくは、もう少し華やかなドレスのイルムヒルト様をエスコートさせて頂きたかったところです。イルムヒルト様には……そうですね、エメラルドグリーンなどの色合いがお似合いかもしれません」

さらっと仰いますけど、それってマリウス様の瞳の色ではありませんか？

単なる社交辞令だとは認識していますが、それでも男性に積極的にアプローチされているみたいで、少しドキドキしてしまいます。

もう少し華やかな、とマリウス様が仰いましたが、確かに今日の私の装いは飾りの少ないシンプルなAラインドレスで、色味もどちらかというと地味に抑えたモスグリーンのものです。

折角のパーティーですから、侍女達には華やかな装いを提案されましたが、私が切にお願いし、地味目に抑えてもらいました。

侍女達の気持ちもわかります。でも――会場は王宮。

王宮には『アレ』が居るのです。

変に目立って、『アレ』に目をつけられたくありません。

『アレ』に対する事情は、私の中の知られてはいけない秘密なのです。

王宮に到着し、馬車を停車させた後、マリウス様のエスコートで会場に入ります。既に多数の参加者が会場に入っているようで、そこかしこで談笑する参加者達で賑わっています。

本来なら、このままマリウス様と一緒にアレクシア様やご学友の皆様のところに挨拶に伺うところなのでしょう。

しかし、第二王子殿下とアレクシア様は卒業生代表であり、本日のパーティーの中心人物です。それにマリウス様は卒業生代表のご家族というだけでなく、婚約者の決まっていない高位貴族の嫡男ということで、学院内でも注目を集めるお一人です。

彼のエスコートでアレクシア様のところへお伺いすると、マリウス様のパートナーとして私も目立ってしまいます。それは避けなければなりません。

「先ほど馬車の中で話した通り、パーティーの間は目立たないよう、壁際で控えさせて頂ければと」

「心得ています。会いたくない方が居られる可能性がある、ということですね」

私達は、王宮勤めの大人の給仕から飲み物を受け取り——マリウス様に噂が立ち、目立ちそうなので、学院生の給仕は避けます——、大広間の端の方でパーティーをやり過ごします。

誰がどこで『アレ』と繋がっているかわかりません。それに、不意に『あの男』と会ってしまうのも困ります。それなら最初から社交的に動かなければいいのです。

会場に入り、大広間の端の方でパーティーを眺めていると、金髪碧眼の青年が広間の奥の段に一段上がり始めました。

あれがアレクシア様の婚約者、第二王子エドゥアルト殿下でしょうか。

殿下に続いて、三人の男性が殿下の一段下に並びます。恐らく、殿下の側近の方々でしょう。

側近の一人だけは、傍にご令嬢をお連れになっています。

アレクシア様に聞いたところによると、三人の方が側近として殿下と行動しているそうです。

宰相閣下の三男、デュッセルベルク侯爵令息ウェルナー様。

第三騎士団長殿の次男、エルバッハ法衣侯爵令息リッカルト様。

元農務省長官次男、エッゲリンク伯爵令息ヨーゼフ様。

殿下や側近の方々にはお会いしたことがありませんが、殿下のご婚約者であられるアレクシア様と共に、ウェルナー様やリッカルト様それぞれのご婚約者様とも懇意にさせて頂いています。

ですが並んでおられる側近の方と居るご令嬢は、私も初めて見る方です。

ということは、あれが例の方でしょうか。

マリウス様がご存じか、念のため確かめてみましょう。

「マリウス様、殿下の前に立っておられる側近の方の横に居られる女性は、どなたかご存じでしょうか」

「横に居られるのがエッゲリンク伯爵令息ですから、同学年のご婚約者様だと思います。僕は詳しくは知らないのですが、姉上ならご存じかもしれません」

ヨーゼフ様の隣でしたら、やはりあの女性は例の方でしょう。

とすると、細身長身の眼鏡の男性がウェルナー様、背が高くガッシリした体型の方がリッカルト様で間違いないでしょう。

「エドゥアルト・シュタインアーベンであります。卒業生総代として、ご来席の皆様にご挨拶させて頂きます」

壇上に上がった殿下が、卒業生総代としての挨拶を述べ始めました。

この後の進行としては、フロアを広く開けて卒業生のダンスになるはずです。

アレクシア様や、ウェルナー様、リッカルト様それぞれの婚約者の方々も、奥の段の脇で控えていらっしゃいます。

ヨーゼフ様だけが、ご令嬢を伴って前に立っていらっしゃることに違和感を覚えますが。

挨拶が終わろうとしたところで、殿下が一際声を張り始めます。

「――以上で挨拶を終わりたいところ、折角の祝いの場で申し訳ないが、貴族の子息令嬢の学び舎たる学院に相応しくない者が一名いる。卒業に当たって学院を正常に戻すため、その者を詮議《せんぎ》する故、この場をお借りしたい」

ここで殿下は一息つきます。一体あの殿下は何を始める気なのでしょうか。

そう思った矢先、殿下は声を張り上げて続けます。

「イ、ル、ム、ヒ、ル、ト・、リ、ッ、ペ、ン、ク、ロ、ッ、ク！　今日この場に来ているのはわかっている！　問い質したいことがある故、我が前へ出て跪け！」


……え？　私？


卒業パーティーの場で、衆人環視のもと、第二王子殿下が私を、罪人と決めつけるかのように呼びました。

思わぬ事態に参加者達はざわめきます。

ただ、顔見知りの殆ど居ない私には視線が向きません。

「殿下！　一体何をなさっているのですか！」

「アレクシアは黙っていろ。これは必要なことなのだ！」

殿下を止めようとアレクシア様が前に進み出て、声を上げます。

それを拒否する殿下と言い争いを始めてしまいました。

「イルムヒルト様……」

マリウス様が気遣うように目線を向けてきます。

黙って帰ろうかとも思いましたが、仮にも王族の呼び出しです。このまま帰ってしまったら、

あの殿下の罪人扱いがそのまま通されかねません。

そうなったら、『アレ』と関わる可能性は高いので、それは絶対に嫌です。

それに、このままアレクシア様にお任せしておくわけにもいきません。

……いくら考えても逃げ道はなさそうなので、腹を括りましょう。

「王族の呼び出しですから仕方ありません。参りましょう」

マリウス様は頷きます。

「そうですか。何かありましたら僕も止めに入ります」

マリウス様の申し出を受けるわけにはいきません。私は首を横に振ります。

「いえ、それには及びません。殿下のご婚約者であられるアレクシア様でしたらともかく、マリウス様は無関係です。下手をすると侯爵家自体にお咎《とが》めがあるやもしれません。マリウス様は手出しをなさらぬ様、お願いします」

「……わかりました。それではせめて、エスコートだけでもさせて頂きます」

周りにお断りし、道を開けて頂きながら、マリウス様のエスコートで壇上にいる殿下から十歩ほど離れた場所まで進み出ます。

マリウス様は一歩下がって私の後ろで控えました。

「お初にお目にかかります、殿下。この度は学院のご卒業おめでとうございます」

私はその場で、立ったまま略礼式で礼をします。

殿下は私を睨みつけてきます。

「一介の子爵令嬢が王族を前に略礼式など、マナーも学んでいないのか。第一、学院一年生のお前が、何故使用人服ではなくドレスを着ているのだ」

殿下が私のことを正しく認識しているか試させて頂きました。

しかし、呼び捨ての上、お前呼ばわりされるところからして。

私に対する正しい認識は、やはりお持ちではなさそうです。

「本日は学院生としてではなく、殿下の婚約者たるバーデンフェルト侯爵令嬢より来賓としてご招待頂きました。婚約者様に事前にご確認なさっておられないのでしょうか」

「……多忙な私は事前に確認する暇はなかったから、お前が招かれた理由など知らん。まあよい。私が何故お前をここに呼んだかはわかっているだろうな。跪けと言ったのが聞こえなかったのか！」

初対面の殿下が私を呼んだ理由など、知っているかと聞かれましても。

「心当たりも跪く理由もございません。そもそも、ここは学院を卒業される皆様の門出を祝う場でございます。殿下におかれましては、ご自重なさっては如何でしょうか」

壇上のエドゥアルト殿下は、私が一向に言う通りにしないことに苛立っています。

「学院で捕まらなかったお前が、折角この場に現れたのだ。また逃げられても手間がかかる。この場で身柄を確保し、お前の罪を明らかにしてやる」

殿下は私を、いきなり罪人扱いですか。

そのような扱いを受ける謂《いわ》れはないですし、王族とはいえ、そもそも無位無官の殿下のどこに、罪人を裁く権限があるのでしょう。

「罪とは穏やかではないですが、そのように言われる覚えは私にはございません。そもそも、殿下は如何なる権限でそのようなことを仰っているのですか」

「王族たる私に口答えする気か！」

変なプライドを傷つけられたのか、殿下は怒り出します。王族である彼には、私は黙って言うことに従わなければならないようです。

だからと言って、やってもいない罪を認めろ、だなんて、そんな馬鹿な話がありますか。

「白《しら》を切る気であれば聞かせてやる。お前の異母姉である、メラニー・リッペンクロック子爵令嬢が階段から突き落とされたり、ナイフを投げられたりなど、この一年近く、度重なる命の危険に晒されている。その際には、毎回青い髪の女が何度も現場で目撃されているのだ」

先ほどから側近ヨーゼフ様の横に居られる、例の方……やはりあれがメラニー様、私の義姉上ですか。今日が初対面なのですけれど。

メラニー様は顔を若干伏せておられ、表情は窺えません。

殿下は続けます。

「青い髪の女は珍しいとはいえ、学院生に他に居ないわけではない。だが学院内の存在証明がなかったのはお前だけだ！」

先ほどから青い髪、青い髪と煩いですね。

確かに、私の髪色は群青色なので、それをもって私だと殿下は断じているようです。

だからと言って、青い髪の女が本当に私自身を指すのか、何も証明していないということを、殿下はわかっているのでしょうか。

それに殿下が仰っている、メラニー様への襲撃の件は――既に公的な捜査が行われ、かなり進んでいるはずなのです。

「メラニー嬢とは異母姉妹だそうだが、動機は嫉妬と家の乗っ取りか。妾の子の分際で浅ましい」

殿下がそう言い放ちます。

ちょっと待って下さい――今の、聞き捨てならない言葉。

妾の子ですって⁉　それは亡き母に対する侮辱ですか！

あまりの怒りに、両の拳に力がこもります。

私の事情を知るアレクシア様も、扇で口元を隠し驚いた顔をしています。

「イルムヒルト様、ここは僕から」

背後から、マリウス様が一歩前に進み出てきました。マリウス様も、私の事情をある程度ご存じですから、私が怒りに震えているのを察したのでしょう。

ですが、マリウス様は今の殿下の話には直接関係がありませんので、彼を表に出すわけにはいきません。……少し、冷静になりました。

「マリウス様。私は大丈夫ですから、お下がり下さい」

首を振って、マリウス様にはもう一度下がって頂きます。

私の苛立ちを余所に、尚も殿下は続けます。

「そもそも、イルムヒルト・リッペンクロックには行方不明届が出されて七年以上経ち、死んだことになっていると聞く。そこも問わねばなるまい」

ずっと前——私の生まれる前から、私の家と領地を狙う、『あの男』。

命が狙われ、私が行方を晦《くら》ませることになったあの事件。それ以来、『あの男』から身を隠しながら、私は牙を研いできました。

関係者から、私の行方不明届が出されていたのは知っていますが、公式に行方不明扱いになっているかは別問題です。

「行方不明届を出されていたことは存じておりますが、そもそも学院に籍を置いておりますし、お招きを受けて、問題なく王宮に入れていることが全てです。ご存じの通り、掌紋認証は改竄《かいざん》できませんので」

この掌紋認証と言われるものは、古代遺跡から見つかった遺物なのですが、認証用の装置に手をかざすことで、あらかじめ記録された『掌紋パターン』を照合して本人であることを証明するものです。

詳細な仕組みは解明されていませんが、仕組みがわからないので改竄もできません。警備上非常に便利なので、王宮や軍関係の施設、学院など、国の重要施設で使われています。

なお、長期間行方不明となっている人の掌紋パターンは抹消されたり、あるいは所在不明者として注記が追加されたりします。

注記のある人物が認証されると、まずは事情を聞くため、重要施設の警備を担当する第三騎士団に、丁重にご招待されると聞きます。

問題なく通れている私は、公式には行方不明扱いではないのです。

そのためにこの七年間、裏で色々活動していました。

「……掌紋認証を通っている以上、本人であることはわかった。だが今日この時でなければ、学院内でも捕まらなかったお前に逃亡の機会を与えてしまうのでな。身柄を確保させてもらう」

しかし、私が淡々と反論することが気に入らないのか、殿下は苛々した様子で、私を拘束することを宣言します。

「再度申し上げますが、殿下におかれましては、如何なる権限で私を罪人と決めつけ、拘束しようとなさるのでしょうか」

関連法規をざっと思い浮かべても、どう考えても殿下にそんな権限はありません。

でも殿下は、自分の思う通りにならないことに苛ついたのか、眦《まなじり》を決し私を指差します。

「王族である私に口答えするな、イルムヒルト・リッペンクロック！　妾の子の分際で、異母姉であるメラニー嬢を排除せんと、危害を加えようとは許しがたい。潔く罪を認め、大人しく縄に付け！　リッカルト、その女を取り押さえろ！」

とうとう殿下は激高して、決定的なことを口にしました。

側近の中から一九〇センチは超えるだろう大男が、私の方に歩いてきます。

近づいてくる彼の表情に困惑が見て取れるのは、彼としては不本意だけれど、殿下の命には逆らえないというところでしょう。

「お待ち下さいませ、殿下！」

「イルムヒルト様！」

「リッカルト様もお止め下さいませ！」

アレクシア様もマリウス様も、リッカルト様のご婚約者様までが止めに入ろうとしますが、私は首を振り三人を制止します。

そうしている間に、リッカルト様が私の前に来ます。

「手荒な真似はしたくないが、殿下のご命令です。大人しくして頂きたい」

「身に覚えのないことで、罪人のように扱われる謂れはありません」

リッカルト様は私に危害を加えなくて済むよう、大人しくするよう諭してきます。

彼自身は良識がありそうですが、それを受け入れることは、殿下の言い分を認めることになってしまいます。私には、ここで引くという選択肢はありません。

そんな私の毅然とした様子に困惑したリッカルト様は、ちらりと殿下の方を確認しますが、殿下は顎でやれと促します。

目の前で、リッカルト様は溜息を吐きます。

「はぁ……。では仕方ありません。悪く思わないで頂きたい」

リッカルト様は私を押さえつけようと、私に手を伸ばしてきます。

王族なら何でもできる、と傲慢に振る舞う第二王子殿下。弁明の機会すらないまま、小柄な体格の私を、殿下の側近の大男が取り押さえようとしています。

客観的にはそんな構図です。

きっと『あの男』は会場の隅でこの今の状況を見ていて、上手くいったとほくそ笑んでいることでしょう。

でも殿下や『あの男』の思い通りにいかせません。

盤面をひっくり返してやります。


「それは私の科白《せりふ》です」

そう呟き、私に伸ばしてきたリッカルト様の手を躱して懐に素早く入り込み、前に踏み出したリッカルト様の右足の甲を左足で思い切り踏みつけます。

「！」

驚いたくらいで、その程度ではリッカルト様は怯みませんが、それも想定内。

踏みつけた足にそのまま体重を乗せて、勢いをつけて右膝を急所に捻じ込みます。敵意のある相手ではないので、潰さないよう多少は加減しています。

痛みにリッカルト様の腰が曲がり、前屈みになったところを更に掌底で顎先を打ち抜きます。

これで顎が揺れ、意識の飛んだらしいリッカルト様は、床に崩れ落ちました。

体格差がありますので、力ではリッカルト様には太刀打ちできません。急所攻撃から意識を刈り取らせて頂きました。

リッカルト様にも油断や手加減がなければ、上手くいきませんでしたでしょう。


この展開は、誰もが想像の範囲外だったはずです。

殿下だけでなく、アレクシア様、マリウス様も、周りで見ていた貴族達も、皆が唖然《あぜん》としています。この間に次の手を打ちます。

「警備の方はいらっしゃいますか！」

「第三騎士団長がここにおります」

第三騎士団長――リッカルト様の父君が自ら出てきたのは内心驚きました。

確かに、本日のパーティーの警備責任者でいらっしゃいますが……、あちらの捜査は大丈夫なのですか？

そう思いつつも、私は騎士団長殿に問います。

「ご覧になられていたと思いますが、団長殿の令息リッカルト様に対する私の行為は正当防衛と認められますか」

「問題ありません。此奴《こやつ》はこちらで預かります」

正当防衛と認めてもらい、殿下から私への手出しを封じました。

危害を加えたって殿下に騒がれても困りますからね。

その時、第三騎士団長殿が周りに聞こえないように呟いてきました。

「出入口は押さえました。これから奴を確保します。ご安心を」

「有難うございます」

リッカルト様を引き取った第三騎士団長殿に礼をします。

「てっ、抵抗するか！」

殿下が硬直から脱して、こちらを睨みつけてきます。

「第三騎士団長自ら、私の正当防衛を認めて下さいました。そもそも、一方的に私を罪人と決めつけ、弁明の機会すら与えないまま、権限もない殿下が私を取り押さえようとしたことが不当ではないですか。大人しく暴力を振るわれろ、とでも？」

私は冷静に反論します。

「単なる妾の子の分際で、王族に生意気な口を！　第三騎士団長、あの女を取り押さえろ！」

頼みの綱でもあったリッカルト様が伸され、思った通りに話が進まない殿下は、第三騎士団長へ私を捕えるよう命令をします。

しかし第三騎士団長は、それに首を振ります。

「殿下には、我々第三騎士団に命令する権限はなかったと思いますがね。我々は職務に戻らせて頂きます。警備の一環で会場の出入口は押さえておりますよ」

第三騎士団長は殿下の命令を一蹴し、警備に戻っていきます。彼の態度は普段の王族への対応ではなく、表情からも、本当に殿下に呆れているのでしょう。

「くっ……。ま、まあいい。この会場の出入口を押さえられている以上、今更お前は逃げられまい。ここでまとめて詮議して、お前の罪を明らかにしてやる。覚悟しておけ！」

相手にされなかった殿下は、納得のいかない表情を浮かべますが、この場から私が逃げ出せないと思って、この場で事実を明らかにしようと私に怒りの表情を向けます。

第三騎士団長の返答を都合よく解釈していますね。呆れられていることもわかっていないかもしれません。

しかし、まとめて詮議、ですか。思わぬ言質が取れました。

折角ですから、別室で『会合』の予定だったあの件もまとめて詮議致しましょう。

先ほどの発言で、亡き母を侮辱した殿下には、一切容赦するつもりはありません。

アレクシア様に視線を向けると、同じことを思ったのか、あの方もこちらを向いていい笑顔で頷かれます。やる気のようですけど、親指を立てるサインは淑女らしくないですよ？

殿下が続けます。

「まずは存在証明だ。お前以外の青い髪の女子生徒は全員存在証明があり、聞き取り調査も済んでいる。青い髪の女子生徒で、存在証明がないのはお前しかおらん」

「それにお答えする前に、こちらからお伺いしたい点は二つあります。まず、私の学院の掌紋認証履歴と、事件報告の日時との照合の結果は如何でしたでしょうか」

殿下の詰問を無視し、こちらから逆に問います。

「学院生は全寮制だ。王族教育のような例外はあるが、お前に適用されるはずもない。調べずとも自明ではないか」

……つまり、調べていないということですか。駄目ですね。

「事実に基づかない憶測のみでの殿下の仰りよう、全くお話になりません」

殿下では埒《らち》が明かないので、アレクシア様の方を向きます。

「バーデンフェルト侯爵令嬢。事件のことはご存じかと思いますが、私の学院の入退場記録および事件日時との照合について、証言して頂けないでしょうか」

「イルムヒルト様におかれましては、この場で私をお呼びになる際は、アレクシアとお呼びつけ頂ければ結構でございます」

アレクシア様は私の意図を正しく読んで、私に深く一礼し、遜《へりくだ》って話して下さります。

礼を解いたアレクシア様は、殿下に向き直ります。

「殿下、イルムヒルト様は極めて特殊な事情によりまして、学院には入寮どころか、通ってすらおられません。これは学院長の承認も頂いているとのことです」

「……この女が、学院に、いなかった？」

殿下は初めて聞いた、と言う感じでアレクシア様に聞き返します。

ですが、私は七年間、『行方不明』で……大手を振って学院に通えない理由がありました。

「学院生として籍はありますので、イルムヒルト様のお名前は全体の学院生名簿には載っていますが、どのクラス名簿にも載っていません。調べれば、すぐわかることだったのですが」

呆れた様子で首を振り、アレクシア様は続けます。

殿下は眦を上げて、そんな彼女を睨みますが、アレクシア様は気にせず続けます。

「また学院の掌紋認証記録ですが、イルムヒルト様がこの一年で入場されましたのは、私が学院長を通じて特別にお招きした三回と、学年末試験を受けられた時、合わせて四回のみです」

「その四回の時に、犯行に及んでいないという証拠はあるのか！」

殿下は食い下がりますが、アレクシア様は首を振ります。

「イルムヒルト様の入場退出時に学院の掌紋認証に記録された日付を、学院長の立ち会いの下で確認させて頂きましたが、メラニー様が襲われたと報告された日付は一致しません。また学院に居られる際は、イルムヒルト様には学院長、副学院長、あるいは私が常に付き添っております。

学院内にてイルムヒルト様がお一人で何かなさることはございませんでした」

「誰か別の者を使ってメラニー嬢を襲わせたのではないか！」

殿下がまだ食い下がりますが、アレクシア様は首を振ります。

「それでは、先ほど殿下の仰った『青い髪の女性』とは矛盾致します」

アレクシア様はそう言って、殿下の反論を否定します。

「また殿下のご説明の通り、イルムヒルト様は『行方不明』扱いになっておりましたので、交友関係は非常に狭くいらっしゃいます。学院内で彼女と交流があったのは、イルムヒルト様を学院にお呼びした、私達『領地経営勉強会』の学友くらいしか居りません。まさか殿下は、私達がメラニー様に危害を加えた犯人だとでも？」

アレクシア様、そしてウェルナー様やリッカルト様のご婚約者達が、殿下を睨みます。彼女達も学院内のサークル『領地経営勉強会』のメンバーなのです。

「……そ、そんなことは言っていない」

婚約者達が犯人であるはずがないのは、殿下もよくご存じなのでしょう。

慌ててアレクシア様の質問を否定します。

「アレクシア様、有難うございます。存在証明について、殿下にもう一つ確認させて下さい。先ほどから、青い髪、青い髪と曖昧なことばかり仰っていますが、実際に加害者の顔を見た目撃者はいらっしゃるのですか」

アレクシア様の証言を受け、私から殿下に目撃者のことを尋ねます。

「……いや、学院の制服に青い髪の後ろ姿は目撃されているが、顔をはっきり見た者はいない。そもそもお前は学院内で顔を知っている者が殆どいない。だが青い髪の女生徒で存在証明がないのはお前しかいないのだ。動機も一番ありそうだしな」

殿下は自分の発言の矛盾を理解できているのでしょうか。

「殿下、先ほどのアレクシア様の証言を覆す証拠がないのであれば、存在証明がないというのは単なる殿下の思い込みです」

「っ……」

呻く殿下を無視して、再びアレクシア様に話を振ります。

「アレクシア様、殿下では埒が明かないので、度々申し訳ございませんがお伺いさせて下さい。報告書に目を通されたとお伺いしましたが、その中で目撃証言についてどのように記載されているでしょうか」

アレクシア様に、目撃証言に関する報告書の記載の説明を求めます。

「報告書に目を通しましたところ、いずれも複数人の目撃者がいらっしゃいますが『青い髪を下ろし、学院の制服を着た女性の姿』というものばかりで、誰も顔をはっきり見ていないようです」

度重なる危害にも拘らず、青い髪を下ろし学院の制服を着た女性の姿は目撃されても、誰一人として顔を見ていません。そもそも、そこがおかしいところなのです。

「アレクシア様、度々有難うございます」

アレクシア様に一礼し、再び殿下を見据えます。

「殿下、危害を加えようとした犯人は青い髪をして制服を着た女性、ということしか判明していませんし、顔を見た者もいません。そのこと自体が、変だと思われなかったのですか？」

私の質問に、殿下は怪訝な表情をします。

「珍しい髪色でも、鬘《かつら》がないわけではありません。むしろ、犯人がそんな色の鬘を学院に持ち込んで、犯行に及んだ可能性すらあります。その可能性を調べたことは？」

私の質問に、殿下が反論します。

「学院生の聞き取り調査は青い髪の女生徒に対してのみ、していたわけではない。目撃証言の他、その周辺の人、メラニー嬢や婚約者ヨーゼフの交友関係は調べているのだ。メラニー嬢に危害を加えるまでの動機を持つ者は調べた中では誰もいなかった。アレクシアも、その報告書を見ているだろう」

殿下はアレクシア様の方を見ます。最初だけは殿下も真面目に調査していたみたいです。

「殿下、確かに私も報告書は拝見しました。かなり初期の段階で学院生達への広範な聞き取り調査はされております。メラニー様に対する危害を加えそうな動機を持つ方は、報告書を拝見する限り、見つかっておりません」

アレクシア様も殿下の証言を肯定します。

「お前は調べられなかったが、動機がありそうなのはお前だけだ」

再び私の方を見た殿下が、私のことを決めつけます。

しかし、アレクシア様の発言に隠れた皮肉に、殿下は気付いていないようです。

事件を追うためには、まずは事実の洗い出しが必要ですが、殿下はこの段階で既に思い込みで突っ走っているので駄目です。洗い出した結果、想定される動機を持つ人が見当たらないなら、次に事件の目的を疑うべきなのです。

これだけ何回も犯行があって、後ろ姿しか見られていないのは、青い髪の女性が犯人であると調査する側に刷り込むため。

つまり危害を加えること自体が目的ではなく、青い髪の女性が罪を犯していると仕立て上げるため、と考えられます。

それに、これだけメラニー様が執拗《しつよう》に狙われるのです。犯行側はメラニー様の行動予定を詳しく把握しているはず。

……既にその方向で実際に第三騎士団による捜査が進んでいて、もう大詰めの段階です。

ですが今は、この情報を言うわけにはいきません。

殿下には後でしっかり抗議させてもらいましょう。

次に、動機ですね。

「どうにも殿下は、動機の話をしたいようなのでお聞きしますが、私にどのような動機があると仰いますか」

「決まっておろう。メラニー嬢の父親エーベルト殿には、メラニー嬢とお前しか子供がいない。だから異母姉メラニー嬢がいなくなれば、リッペンクロック家の継承先はお前一人になる。跡目争いというやつだろう」

「……つまり殿下は、現在のリッペンクロック家当主が父エーベルトであり、長子のメラニー義姉上が正嫡、妹の私が妾腹だと、そう仰るわけですか」

「うむ、そうなるな」

　頷く殿下を見て、殿下にそう勘違いされているだろうとは思っていました。

　しかし、自分で口にすると余計に腹が立ちます。

「では、それを裏付ける明確な根拠をお示し頂けますか」

　私は殿下を見据え、会場の皆にも聞こえるよう、はっきり通る声で殿下に問います。

「……ん？　どういうことだ？」

　殿下、その間の抜けた回答は何ですか。

「どういうことだ、ではないでしょう。貴族家の血統に関する認識についての発言です。殿下ともあろう方が、まさか証拠もなしに仰っているわけではないでしょう。何を見てそう判断されたのかをお聞きしているのです。そう判断された証拠をお出し下さいませ」

　裏付けもなく、憶測だけで貴族の血統について話をするな、と怒りを滲ませます。

多分、私の眼は完全に据わっています。

殿下は言われた通り根拠について考えたのか、斜め上に目線を上げますが、やがてみるみる顔色が蒼白になっていきます。

何でしょう、考えていることが丸わかりの王族って一体。

「……エ、エ、エーベルト・リッペンクロック殿、この場に居られるか。私の認識が間違っていないことを、証言頂きたい」

エーベルト・リッペンクロック——父をここで呼びますか。

思い込みだけで貴族の血統について発言してしまったことに今更ながら気付いて、後押しが欲しくて呼んだのでしょう。それがメラニー嬢の父親、現当主と思っている男の証言なら確実だと考えたのだと思われます。

言い逃れとか責任回避とか、変なところだけ頭が回りそうです。

そんな呼び出しに、『あの男』にどこか似た顔立ちの、背の低い中年男性が進み出てきます。

会ったことはありませんが、状況からあれが父、エーベルトでしょう。

「エーベルト・リッペンクロックにございます。イルムヒルトは私にとっては下の娘ですが、リッペンクロック家先代当主ヘルミーナとの唯一の子供になります」

エーベルトは、殿下の推測をキッパリ否定します。

「イルムヒルトは七年前より行方不明につき、私が現在当主代理として務めておりました」

あれ？　ちょっと予想外です。

もし父が『あの男』側だったら、もっと当主面して出てきて、私を扱き下ろすかと思いました。

でも父の証言は、私にとっては好都合です。

殿下は自分の認識が違うことに慌て始めます。

「し、しかし、あのおん……いや、イルムヒルト嬢は七年以上も行方不明だったということだが、なら死亡扱いになっていないか？　じ、じゃあエーベルト殿が現当主ということで間違いあるまい。うん、これなら、メアリー嬢を排除して、返り咲くという動機が成り立つじゃないか」

私を犯人扱いしていたのが引っ込みつかなくなったのか、結果から動機を無理矢理こじつけようとしています。

ですが、そんなものは叩き潰します。

それに今になって慌てて私へのあの女呼ばわりを改めようとしていますが、もう遅いです。

「殿下。私は先ほど、明確な根拠をお示し下さい、とお願い申し上げましたが、私の方からその反証として明確なものをご提示します。しばしお待ちを」

後ろを振り返り、マリウス様に話しかけます。

「マリウス様、会場の外にいる私の従者を、こちらへ連れて来て頂けませんか」

「イルムヒルト様、わかりました。しばらくお待ち下さい」

マリウス様はそのまま出口の方へ向かいます。

しばらくして、マリウス様が私の従者ハンベルトを連れて戻ってきます。ハンベルトは、そのまま私の後ろに控えます。

ハンベルトは私の書類鞄を預けている従者兼護衛です。元々は辺境で国防に従事していた兵士で、やむを得ない理由で退役していたのを、私が雇用しました。

「ハンベルト、青の封筒を出して下さい」

「畏まりました」

短く返答したハンベルトは、鞄を開けて大きめの青い封筒を取り出します。この封筒のために、ハンベルトを連れて来てもらったのです。

残念ながら殿下は気付いた様子がありませんが、この青封筒の意味を知る周りの貴族達からはどよめきが起きます。

まさかこんなことで、大きなリスクを背負うことになるとは、思ってもいませんでした……。

本当に殿下には腹が立ちますが、あの発言を撤回させなければならない、今のこの状況では仕方ありません。

「これは非常に重要な書面なので、ご確認の後は必ず私に戻して頂けますでしょうか」

近くに控えていた殿下付の侍従に封筒を託して、殿下にお渡し頂きます。

殿下は封筒を開け、中の書面をゆっくり取り出します。

「貴族省発行の、貴族名鑑の年次記載証明？　発行日——昨日？　それで、記載内容は……」

記載内容を確認した殿下が、目を見開きます。

「なっ！　お、お前が、リッペンクロック子爵家当主、だとっ……！」

殿下が驚愕という顔で、私と書面を交互に見ます。ウェルナー様、ヨーゼフ様も私を驚きの表情で見ています。メラニー様はわかっていたのか、目を伏せておられます。

そもそも、貴族家当主とその血統は、貴族省という役所で厳重に管理され、貴族名鑑に登録されます。

この貴族名鑑の年次記載証明は、貴族名鑑へ記載される内容が正しいものであると家単位で貴族省が証明するもので、当主に対して発行され、有効期間は一年間です。

受け取り後、必ず当主の手で管理しないといけない書面の一つです。

しかもこの年次記載証明は、特別に青封筒に封入して発行されます。青封筒を所持していること自体が、貴族家当主であることを示すのです。

残念ながら、青封筒を持っていた私が当主であることが知れ渡ってしまったのは、先ほど、青封筒を見た貴族達の間でどよめきが起きたことから明らかです。

「現時点で私が当主だと示す、これ以上ない明確な根拠です。非常に重要な書面ですのでお戻し頂けますか」

侍従を通じ書面を戻してもらい、封筒は再びハンベルトに預けます。

「殿下の憶測と決めつけが全て覆りましたこと、ご理解頂けましたでしょうか。その上で、まだ私をお疑いでしょうか」

殿下は呆然としています。

当主である私を、妾の子呼ばわりしたことに対する謝罪もありませんか。

「……じゃあ、一体誰が、どういう目的で……？」

私に最初から説明しろと？

「イルムヒルト様、ここからは私が」

呆れが顔に出ていたのか、アレクシア様がここで声を上げます。

「殿下、私が最初にイルムヒルト様をお招きした時に、詳細を伏せたまま、この件を相談致しました。殿下や私共でも情報が足りていませんでしたので、知恵をお貸し頂けないか、とお願いしたのです」

「……」

黙る殿下を余所にアレクシア様が続けます。

「そうしましたら、イルムヒルト様から、ある可能性をご提示頂きました。『本気で危害を加える気なら一度くらい顔を見られてもおかしくない。何度も犯行があり、目撃者も多いのに顔を全く見られないのは、そもそも犯行の目的が、危害を加えることそのものではない可能性が高い』」

「危害を加えることが、目的ではない？」

殿下は呟いていますが、アレクシア様はそれを無視して続けます。

『むしろ、何度も目撃されることで、その姿の人物が犯人だと目撃者に印象づけるためと思われる。恐らく該当する人物に罪を着せるためでしょう』と」

殿下は急に食い下がります。

「そ、そこまで聞いていたなら、どうして私に事前に伝えてくれなかったのだ！」

殿下はアレクシア様を非難しますが、アレクシア様は心底呆れた顔をなさります。

「……一年ほど前からでしたか。殿下におかれましては、度々学院を抜け出しては王都に繰り出していらっしゃる。学院で会えば『忙しいから』と挨拶程度しか会話せず、月例のお茶会も紅茶を一口飲んで二分で退席なされます。そんな殿下のどこに、私の話を聞く耳がありまして？」

「ア、アレクシア、お前！　私に対してそんな生意気な口を！」

そうそう、殿下についても相談を受けていましたね。

「いつまでも殿下の言うことに従うだけの私ではありません。それは後で話をさせて頂くとして、話を戻しましょう」

話がずれてきていましたので、アレクシア様は流れを元に戻します。

「最初にイルムヒルト様からお伺いした可能性について、具体的な状況に照らし合わせた時、罪を着せられそうな該当者が私には一人しか思いつきませんでした。そこでイルムヒルト様に、被害に遭われているのがメラニー様だとお伝えしたところ……」

ここで、会場の入口付近で何やら騒がしい音がします。

「離せ！」と叫ぶ年配の男性の声も聞こえてきました。

上手くいって、『あの男』が確保されたのでしょうか。

だとしたら、私を取り巻く状況が大分改善します。

物音で話が途切れてしまいましたから、私がここから話を引き取りましょう。

「アレクシア様から具体的なお話をお伺いしましたら、正に私に罪を着せようかという内容でしたので、私の方でも調査させて頂きました」

そう言うと、殿下は驚きに目を見開きます。

「犯行の頻度が多いので、実行犯もしくはそれに通じる人が、メラニー様の身近にいることが推測できました。そこでメラニー様に近しい方数人の行動追跡をさせて頂いたところ、『青い髪の女性物の鬘』を、何度も業者から借りられている方が見つかりましてね」

アレクシア様から証言頂いた可能性が正しかったことを聞いて、殿下の顔が段々と蒼くなっていきます。

「しかもその方、犯行日時の前日ないし前々日に借りられ、犯行日時の三日後に返却されるということを続けていましたので、学院長とも相談の上で、第三騎士団に告発させて頂きました。なにせ、貴族家の当主に罪を着せようという内容ですから、学院内の揉め事で済ませるわけにもいきません」

ここで一旦話を切り、こちらへやって来る第三騎士団長の方へ話を振ります。

「第三騎士団長殿、その後の状況は如何でしょう？　お話し頂ける範囲で結構です」

彼は、傍で部下から報告を受けながらこちらへやって来ていて、私の質問を受けて発言します。

「はい。リッペンクロック子爵からの告発に基づいて、裏付け調査をしたところ、メラニー・リッペンクロック嬢が学院に帯同するメイドの一人が、頻繁に青い髪の鬘を業者から借りていることが判明致しました。しかもそれが、メラニー嬢が学院で襲撃された時期とも符合致しました」

「……」

殿下は言葉もないようです。

「メイド本人に同道頂いて事情を訊いたところ、鬘を被って制服を着て、何度かメラニー嬢を襲撃する振りをしていたことを自供しました。病気の家族を人質にされ、指示に逆らえなかったようです」

「っ……！」

自分が告発しようとした内容と全く違う事実、そしてそれが自分の知らないところで捜査されていたことに、殿下は蒼白になっています。

「かのメイドに指示をしていた本人、リーベル伯爵家当主エッグバルトを、先ほどこの会場にて拘束致しました。リーベル伯の領地はリッペンクロック子爵領に隣接しており、子爵家に圧力をかけ、乗っ取りを企てていた容疑となっています。皆様には、会場の入口での騒ぎでご迷惑をおかけしました」

母や私が長く苦しめられた『あの男』……リーベル伯がついに捕まった！

安堵のあまり、膝から崩れ落ちそうになりますが、マリウス様とハンベルトが横からさっと支えてくれました。

「イルムヒルト様、大丈夫ですか？」

「……安堵《あんど》のあまり、気が抜けてしまいました。大丈夫です。有難うございます」

マリウス様に礼を言い、しっかり立ち直ります。安堵を噛み締めるのは後にしましょう。

第三騎士団長は続けます。

「リッペンクロック家当主代理エーベルト殿、ご息女メラニー殿、およびエッゲリンク伯爵令息ヨーゼフ殿。当件に関して色々証言を聞かせて頂きたい。ご同道頂ければと思います」

お伺いを立てている口調ですが、貴族に対する捜査権限のある第三騎士団長からの要請ですから、実質強制です。

「了解した」

父エーベルトは静かに頷きます。

「……了解致しました」

メラニー嬢は悄然《しょうぜん》としたまま返答します。

「メラニー、いいのか？　……私は構わない、宜しくお願い致します」

ヨーゼフ様はメラニー様を気遣う様子を見せつつ、自身は毅然と応じます。

数名の騎士達に取り囲まれながら、三人が退出していきます。

「あ、そうそう、リッカルトは殿下にお返しします。そろそろ目が覚めますよ」

最後に第三騎士団長が言い置いて、退出していきます。

「……何が一体、どうなっている」

殿下は未だ状況に付いて来られないようです。

リッカルト様は戻ってきましたが、気絶していて状況がわかっていないためか、横でウェルナー様が彼に説明しています。

「殿下が私に詰め寄った件については、第三騎士団の方で既に解決に動いており、先ほど真犯人が捕まったのです」

「そ、そ、そうか。では解決して良かったということで……」

殿下は急ににこやかな表情になり、終わったことにして逃げようと後ろを振り返ろうとします。

ですが、そうは問屋が卸しません。

「まだ話は終わっておりません！　殿下がまんまと、あちらの思惑に引っかかって踊らされたこと、自覚しておられますか」

「何を！　そ、そんなことはない！」

殿下はムキになって否定します。

「殿下は事件に対して憶測の裏付けを何一つ取っておりません。存在証明にしても、掌紋認証の履歴と照合することすら怠りました。跡目争いだと憶測したことはともかく、貴族名鑑を見て事実を確認しておけば、私が当主であり、私がメラニー義姉上を害する理由がないこともおわかりになったはずです。違いますか？」

「……」

思い込みだけで今回のことを起こしたのだという私の指摘です。

殿下は怒りを滲ませますが、反論できずに黙り込みます。

「お気付きではないようなのではっきり申し上げます。今回の事件、そもそも殿下がこんなに簡単に踊らされそうな人物だと思われたから、立てられた計画なのですよ。リーベル伯は一体、どこでそれを知ったのでしょうね」

この後の話に繋げる方向に、私から話を向けます。

「わ、私を愚弄するか！」

「事実でしょう！」

「っ！」

殿下の抗議を、アレクシア様が切って捨てます。

アレクシア様は、私の意図を正しく汲んで、後を引き受けて頂けたようです。

「この件の調査を口実に、何度も王都に抜け出していらして。王子教育も怠り気味ですし、婚約者の私との交流も等閑《なおざり》にしてまで時間をかけ、何を王都でされていたのでしょうね」

「い、いや、調査はしていたのだが……」

　自分が思ってもいない方向に話が進み始めたのか、アレクシア様のご指摘に殿下は焦った表情です。

「そうした行動が、王室の中で問題視されたのでしょう。不味いと思った殿下は、この件を使って点数稼ぎしようとでも思いついたのではございませんか」

「っ！！！」

　殿下が今回の暴挙を行った動機に対するアレクシア様の推測に、殿下が引き攣《つ》った表情をしています。まさかの図星ですか。

「そのような殿下が、度々王都に繰り出して一体何をしているか、ついでで構わないので調べてほしい。そのように、イルムヒルト様にお願い致しました」

　私はアレクシア様に頷きます。

「アレクシア様からのお願いについては、私も二つ返事で了承致しました。どなたかが見当違いのことをされて、先ほどのメラニー様の件の捜査の妨げになっても困りますので」

　この後の話が想像できたのか、殿下が焦りの表情を見せます。

「そ、そ、それこそ、その話は、後ほど、別室で……」

　殿下はこの後どんな話になるのか、気付いたようです。それをこの場でされるのは不味いと思ったのでしょう。

「卒業パーティーが終わってから、アレクシア様達と、殿下と側近の方々とで、別室でお話しする予定でございましたでしょう。……当初は、ですが」

「その話は聞いている。それでいいではないか」

殿下は必死です。この場で話をされるのを避けたいのでしょうが、それはもう遅いのです。

殿下が起こしたことの責任は、殿下に取ってもらわなければなりません。

「しかし、殿下がいきなりこの場で私を呼び出して、私に反論を許さずに身に覚えのない罪を問い始めました。挙げ句の果てに私のことを妾の子などと、私はともかく亡き母を侮辱したことは、私としては許すわけには参りません」

私の逆鱗《げきりん》に触れた殿下を、逃すわけにはいかないのです。

「ちょうど、まとめて詮議すると殿下も仰いましたし、折角なのでこの場をお借りして、殿下の話も詮議させて頂こうかと。アレクシア様はそれで宜しくて？」

「ええ、イルムヒルト様。お気遣い有難うございます。是非そのようにお願い致します」

アレクシア様への問いに、彼女は笑みを浮かべて私に一礼します。

「お、おい、ちょっと待て！　アレクシア！」

殿下はこの場で詮議されることが不味いと思ったのか、大声でアレクシア様を止めようとします。

「ウェルナー様、貴方もですよ」

「リッカルト様にも、お話をお伺いさせて頂きます」

側近のご婚約者達もやる気です。

「さ、さっきから気になっていたのだが、アレクシア。お前が子爵家のこいつに、妙に遜っているのは何なのだ？」

ここで殿下が今更の質問をしてきます。

「侯爵家とはいえ、私は未成年の無位無官の身。いくら子爵家でも年下でも、貴族家当主として実務を司る方に敬意を表するのは当然のことです」

アレクシア様は、殿下を見据えながら続けます。

「殿下とて王族ですが、無位無官なのは同じです。それが先ほどから子爵家当主である彼女に対して失礼な呼ばわり方をされるだけでなく、罪を問うだの取り押さえるだの、酷い行いですし越権行為ではありませんか」

ですがその回答に、殿下は眉を顰めます。

「私は王族だぞ、敬われて然るべき……」

アレクシア様が殿下を遮って反論します。

「以前から何度も申し上げておりますが、王族だから無条件に敬われるべき、という考え方はお捨て下さい。国のために大きな責任を背負われ、誠心誠意邁進するような立派な王族の方なら敬われて然るべきです。只今の殿下を会場の皆様が立派と見ているか、ご自覚なさいませ」

「何だと！　王族たる私に……うっ！」

ここでようやく、会場にいる参加者達から冷たい目を浴びていることに気付いたようです。

アレクシア様と、ウェルナー様やリッカルト様の婚約者の方々も前に進み出てきます。

三人を代表して、アレクシア様が笑顔で殿下に詰め寄ります。

「殿下は話を逸らしたかったのでしょうけれど、会場の皆様も、殿下が王都で何をされていたのか、気になりますでしょう」

アレクシア様はここで一息つき、キッと殿下を見つめます。

「ですから殿下の仰った通り、ここでまとめて詮議致しましょう」

殿下の言葉を、アレクシア様がそのまま殿下に返します。

「い、いや、だから、まとめて、というのは、その話ではなく……」

「いざ自分のことになったら逃げる気ですか。前言をすぐ翻すような方は信用を失いますよ。殿下に、二言は、ありませんよね？」

「っ……」

殿下は助けを求めるように周りを見渡しますが、アレクシア様達だけではなく、会場に居る周りの貴族の方々からも冷たい視線を浴びています。殿下に最早逃げ場はありません。

ここからはアレクシア様達の出番です。私は一歩引いて見守りましょう。

壇上で問い詰められるのは、第二王子エドゥアルト殿下、側近の宰相子息ウェルナー様、そして先ほど復活したリッカルト様は二人の前、壇の手前に控えています。

対するのは、殿下の婚約者、アレクシア様。

ウェルナー様の婚約者である、ラナクロフト侯爵令嬢クリスティーナ様。

リッカルト様の婚約者である、ウォルドルフ伯爵令嬢カロリーナ様。

ちなみにクリスティーナ様はアレクシア様と同じ卒業生、カロリーナ様は私と同じ一年生です。

ここからの件は、私は当事者ではないので、彼女達から三歩下がって、マリウス様と共に見守ります。

代表してアレクシア様が話し始めます。

「貴方がた三人は、メラニー様の件の調査、あるいは市井の方々から学ぶためと仰って、色々理由をつけて頻繁に学院を出て王都を訪れておられましたね。最初は、メラニー様を元気付けようと息抜きさせるために王都に繰り出しておられたのは知っております」

「そ、そうだ、メラニー嬢も落ち込んでいて息抜きは必要だったのだ」

弁解の口実を見つけた殿下は返しますが、アレクシア様達三人の目線は冷たいままです。

「最初は、と言いました。そのうち、学院外で襲撃されることがないと気付いたヨーゼフ様とメラニー様は、王都に出た後、そのままお二人でお出かけになられるようになったとか。度々王都にてデートに勤しむお二人の目撃談が聞こえてきまして。それはそれで、どうかとは思いましたが……その時殿下は、どちらへ？」

殿下や側近達は顔を蒼くしています。

「ちょ、調査とか、護衛だ。メラニー嬢が襲われる可能性もゼロではなかったからな」

悪足掻きをしますが、私達は彼らが何をしていたのかを全て調べ上げ、関係者達にも根回しをした上でこの場を設けています。今更言い繕っても無駄なのです。

クリスティーナ様が発言します。

「王都のとある場所に、大男の護衛を連れた若い二人の青年が度々お見えになると、噂になっております。その青年の方々は、平民の身形《みなり》をしているそうですが、妙に服の仕立てがよくていらっしゃるので、貴族の子息がお忍びで来ているのでは、とね」

「……」

殿下とウェルナー様は既に顔色が蒼白。リッカルト様は諦めたご様子。

クリスティーナ様が続けます。

「普通、その場所には、若い方が来られることは少ないようですが、偶に若い方が居られる場合でも、少額のお小遣い程度の金額で遊ばれることが多いそうです。でも、その護衛を連れたお二人連れは、貴族の成人男性顔負けの、多額のお金をつぎ込んでいらっしゃるそうで」

殿下とウェルナー様は無言のまま答えません。

ここで溜息を吐いたアレクシア様が、一つ目の核心を明らかにされます。

「市井の生活を学ぶとのことでしたが――競馬場で一体何を学んだのか、教えて頂けますか」

若いうちから競馬場に入り浸るのは、仕事をしない放蕩者《ほうとう》と見られる行為です。

殿下とウェルナー様の二人に会場中から冷ややかな視線が浴びせられます。

「……そ、それは誰かが、私達の振りをしていたのだ。これは何かの陰謀だ！」

殿下が下手な言い逃れを始めます。

でも私達は、殿下のようなヘマはしません。私が後ろから援護します。

「ハンベルト。例のあれを」

「畏まりました」

ハンベルトは、鞄から赤茶色の長髪の鬘を取り出してそれを被り、後ろに伸びた部分を括《くく》って纏《まと》めます。

「お、お前はまさか、ヨアヒム……！」

ウェルナー様は鬘を被ったハンベルトを指差して驚いています。殿下やリッカルト様も目を剥いています。

「ハンベルト。貴方が現場で会ったという青年達は、殿下とウェルナー様、リッカルト様で間違いありませんか？」

「現場……そうですね。主様のご命令で、私がこのように変装して競馬場に行き、ヨアヒムという偽名で接触した青年達は、この方々でしょう。その時とは髪色こそ違いますが、顔形や背格好、声から判断して、間違いないと思います」

そう、変装させたハンベルトを彼らに接触させ、彼らの様子を直に調査したのです。

心当たりのある殿下とウェルナー様の顔は引き攣っています。

「現場での彼らは、どのような様子でしたか？」

「背の高い方は付き添っているだけで、賭け事に興じてはいませんでした。しかし残りのお二方は、現場に来る度に毎レース毎レース、少なくないお金を投じておられました。私は主からの仕事として調査費用で細々と致しましたが、お二方よりは当てていましたから、お二方からはよく『よく走る馬の見分け方を教えてほしい』と詰め寄られておりました」

殿下とウェルナー様は派手に賭けに興じていたようです。

「護衛は仕事ですからね。恐らくリッカルト様は仕事として付き添っていただけで、そのような遊びをしていないでしょう」

私の言葉に、リッカルト様は頷きます。迂闊《うかつ》に私の誘導に反応してしまったのでしょうが、それが却って殿下が遊んでいたことの裏付けになるのです。

見逃さなかったカロリーナ様が発言します。

「リッカルト様、今頷いたということは、殿下とウェルナー様と一緒に、貴方がそのような場所に行っていたと、認めるということですわね」

「……はい」

リッカルト様は項垂《うなだ》れます。殿下とウェルナー様はリッカルト様を睨みますが、今更です。

アレクシア様が発言を続けます。

「大分競馬場で散財されたそうですが、殿下もウェルナー様も相当の資産家でいらっしゃるのですね。特に殿下。王族の使用するお金は全て予算化されているはずなのですが、競馬場での散財も予算化されているとは。——一体、そのお金の出所はどこなのでしょうかね」

王族の使うお金は、元は税金です。

国の運営のためとして、国政を司る各々の役所と同様に予算があり、その予算内で、決められた用途でしか使えません。

目的外使用されないよう、用途を厳しくチェックされるので、王族の方が自由に使えるお金は殆どないのです。

ここから、アレクシア様が次の核心を話し始めます。

「殿下がご自分の予算で婚約者向けにプレゼントを購入された金額が、既に今年の予算額を越え、少々常軌を逸した金額になっているそうで。大量に送られる請求書に、宮内省財務部、つまり王族の予算を監督する方々から、私がお叱りを頂いてしまいましたの。『殿下にあまり高価な物をお強請《ねだ》りしないでくれ』ですって」

そう話すアレクシア様は悲しそうです。

「ですが、私はこの一年の間、殿下からは手紙一枚貰っていませんわね。その、お買いになったという贈り物は、一体どこに消えているのでしょう」

アレクシア様はそう続け、問い質すように殿下をじっと見つめます。

殿下はもう顔色が蒼を通り越して白くなっています。ウェルナー様も顔色を悪くして目を逸らしていますが、他人事ではありませんよ。

クリスティーナ様が続けます。

「私もウェルナー様のお父様とお兄様から、アレクシア様と同じようにお叱りを受けましたわ。あまりの購入額の多さにウェルナー様に訊いたら、私がどうしてもとお強請りしたことになっていたそうで。『あまりに多額のプレゼントを強要するようなら、私の家に請求しますよ』と、宰相閣下に詰め寄られてしまいましたわ」

クリスティーナ様も、愁いの表情でウェルナー様に告げます。

「私、吃驚《びっくり》して、正直にお答え致しましたの。『ウェルナー様からこの一年で頂いたものといえば、毎月のお茶会の時に、ご自宅のお庭から花を少々お持ちになるくらいですわね』とね」

殿下とウェルナー様は顔を蒼白にしたまま、何も話せません。

この話だけを聞けば、二人が婚約者を蔑《ないがし》ろにして誰かに貢いでいるかのように聞こえます。

最初はアレクシア様もそう考えたそうですが、競馬場での散財の話と結びつけるとまた違ったものが見えます。

あ、とカロリーナ様が今気付いた風に声を上げます。

「そういえば、子爵家や男爵家の貴族令嬢の方々は、そう何着もドレスや装飾品を買えないので、質流れ品から出物を探すこともある、と聞いたことがありますわ。それが最近、質流れ品の中に、明らかに高位貴族から流れたと見られる高級装飾品を数多く見かけるそうですの」

アレクシア様が続けます。

「そうそう、あまりに高級な品が大量に質流れになっていると聞いて、調査として一度見てきてほしいと父に頼まれまして。母やクリスティーナ様と一緒に確認に伺いましたの。確かに、とても質の高い品々の装飾品が多かったですわ。既製品とは思えない素晴らしい出来栄えの品々で、オーダーメイド品が流されているのだと思いました」

クリスティーナ様が更に続けます。

「ええ、そうでしたわね。でも不思議に思いましたの。高位の貴族家が何らかのトラブルに遭って、資金繰りが怪しくなった時には、その貴族家が所持する宝飾品が多数市場に流れることがあると聞きます。でも、そんな資金繰りの怪しくなった家の話は、最近社交の場で噂に上ったことはありませんでしょう？」

会場のあちこちから、あれは不思議だった、どこから流れたのだろうかなどと聞こえます。大量の宝飾品の質流れは結構な噂になっていたようですね。

「こ、高位貴族なら、資金繰りの悪化は醜聞だから、こっそり売った家がどこかあるのではないか？」

ウェルナー様、言い逃れしていますが表情が誤魔化《ごまか》しきれていません。

カロリーナ様がウェルナー様を見据えて続けます。

「もし本当に高位貴族が資金繰りのために資産を放出したのでしたら、宝飾品の付いたドレスなども大量に買い取りに出されてもおかしくありませんわ。でも、そのような兆候《ちょうこう》はありませんでした」

「どうしてそのようなことが言える！」

ウェルナー様が反論しますが、カロリーナ様はどこ吹く風です。

「高位貴族の方々が衣装を購入される場合は、大抵オーダーメイドです。特定の人に合わせて設えられていますので、そのまま質に出すと誰が流したかわかってしまいます。ですから普通は、それがわからないよう、まず素材に分けられ、素材単位でオークションに掛けられるそうですわ」

会場の皆様が騒がしくなりますが……殿下もウェルナー様も、気付いた様子はありません。

カロリーナ様は、彼らが気付かない様子に、呆れた様子で話を進めます。

「本当に高位貴族がそんな形で資産を放出すれば、生地素材が大量に出回るでしょう。それらの素材の取引相場が大きく下がるほどの影響が出るはずです。それによって、ドレスの値段も下がるなど、他へも波及するのが当たり前です。しかし少なくとも、そのような相場が下がるほどの影響が出たという話は聞きません」

また会場の皆様が騒がしくなります。ドレスの値段も下がっていないし……という声も聞こえます。いくら高位貴族の方でも予算はありますから、相場は気にするでしょう。

クリスティーナ様が後を続けます。

「そもそも、そういう資金繰りの怪しくなった高位貴族が宝飾品を売りに出す場合、大抵は意匠が古い物も多くなりますから、価格が少々控え目になるのが普通でしょう。ところが、最近出回っているのは、オーダーメイド品でも王都で現在流行の意匠が施された、一級品ばかりですわ」

カロリーナ様が、クリスティーナ様に返します。

「そうなのです。質に流れた宝飾品ときたら、見る人が見ればどの店の品物かわかるどころか、販売店の担当者が見れば、いつ誰に販売したものかすぐわかるくらい最近の品物だそうで。いくら資金繰りに困っても、買ってすぐ質に流すなんてね。あ、流した人は足が付かないつもりだったのかしら」

最後にアレクシア様が、殿下とウェルナー様に止めを刺します。

「そうよね。当然、そんな代物が売りに出されたら、誰がそんな真似をしたのかすぐにわかりますし、店は販売した相手に苦情を出すでしょう？」

「え……」

殿下とウェルナー様が驚きます。

こんな杜撰《ずさん》なやり方、バレないと思っていました？

カロリーナ様が話を繋げます。

「件の質流れ品を販売した、元々の販売店の方に話を聞きました。購入の際にはいずれの場合も若い男性三人連れで店を訪れたそうですわ。三人のうちお二方は、婚約者への贈り物として最初は既製品の装飾品を購入しようとされたそうなの」

質流れ品を購入した店も、いつ誰が、もわかっていると聞いて、二人は更に蒼褪《あおざ》めます。

「お店の方は、それぞれの方の婚約者様をよくご存じだったそうで、お立場を考えますと、既製品では色々不都合がおありでしょうと、店の方からオーダーメイド品を提案したそうね」

高位の貴族ほど、婚約者を既製品で飾っていると、それだけ家に力がないと侮られてしまいます。

クリスティーナ様が、合いの手を出します。

「それに高位の方々は若くてもお忙しい方が多いですから、メッセージカードを代筆して添付し、華やかな包装をしてご婚約者の方にお送りするまでが、販売店側のサービスですしね」

カロリーナ様が続きます。

「実際三人のうち、一際大きい方は、実際に購入なさる回数は少ないものの、既製品にカスタムする形で注文された上で、メッセージや婚約者の方への配送も手配されていたそうです。その方の分は、一つたりとも質流れにはなっていなかったらしいですね」

カロリーナ様はそう言って、ご自身の首飾りにそっと手を添えます。今身に着けておられる首飾りは、リッカルト様からの贈り物だったのですね。

「でも残りのお二方の場合は、包装の指定も最低限、カードもいらない、しかも毎回店まで受け取りに来たそうよ。高位の方が婚約者に渡すものですから、いくら手渡しでも、品物の格に相応しい包装は普通致しますし、カードも毎回不要というのは変だと、店側も思ったそうね」

クリスティーナ様の言葉に、殿下とウェルナー様は既に土気色です。

アレクシア様が続けます。

「販売店の方にも詳しく話をお伺いしたのですが、そのお二方が購入された装飾品は、ほぼ全て質に流されたそうですわね。それを知った担当者の方は、偽者に騙されてしまったと最初は思ったそうですわ」

そこにクリスティーナ様が驚いた様子で返します。

「え、でも、そういうお店ですと、契約がないお店で買う場合は貴族であっても、高級品になればなるほど、即金でお支払いが前提になりますでしょう。店とお客様の間の信用の問題ですもの。被害にあったお店は、即金でお支払い頂いていませんでしたの？」

アレクシア様は、残念そうに回答されました。

「それが、店側も購入された方々の家との契約があって、ちゃんと契約に基づく符丁《ふちょう》も交わされていたそうです。ですので、偽者かどうかは置いておいて、まずはその購入された方々の家に問い合わせをしよう、となったそうですわ」

アレクシア様の回答に、カロリーナ様は眉根を顰めます。

「それは……販売店の方々にとってはかなり腹立たしいことでしょうね。お相手の家によっては、即刻契約打ち切りだ、賠償請求だと騒ぐ案件になりません？」

「その通りですわね。ですが、なにせお相手が相当高位の、権威あるお家の方々だったそうで、お怒りを前面に出すこともできず、ただご事情を説明差し上げて、釘を刺して頂くようやんわりお願いするのが精一杯だったと聞いていますわ」

アレクシア様は、販売店の方々に聞いた内容をご説明されます。

「それを聞かされたお家の方は……大変驚かれたことでしょう。もし私の家がそんな目に遭っていたら、当事者を家から叩き出すかもしれませんね」

それを聞かされた家がどのような反応をするか。クリスティーナ様が当主だったとしたら、そんな奴は叩き出すそうです。殿下やウェルナー様の場合はどうなるでしょうね。

「聞かされたお家の方々は、ことの重大さを理解されて、まずは事情確認と再発防止を約束して、販売店の方々に平身低頭、謝罪されたとのことですね。それでも被害が大きいですから、謝罪だけでは済まないでしょう。裁判で争うことにもなりかねませんわ」

アレクシア様が話すように、被害を被った販売店に対して、謝罪だけでは済まないでしょうね。販売店からすると自分達の品位を落とされたことになりますから、訴訟に発展する可能性は高いでしょう。

「被害者のはずの婚約者の方々の家も、ただでは済まないでしょうね。販売店の方々からしたら、婚約者達をしっかり捕まえていられなかったことに、責任を追及されるかもしれませんわ」

そうカロリーナ様は話します。

実際、アレクシア様もクリスティーナ様も被害者ですが、それでも婚約者達の手綱を握れなかったとして、販売店の方々に頭を下げて回ったそうです。彼女達の家も係争《けいそう》に巻き込まれているとも聞きます。

彼らの行いで婚約者の家に重大な損害を与えたということで、婚約の継続も難しくなるでしょう。

「な、なっ……」

殿下とウェルナー様は口を半開きにしたまま固まっていて、言葉も出ない様子です。彼らもここまでの事態になるとは想定していなかったのでしょう。

アレクシア様が一呼吸おいて、締めくくります。

「つまり、その方々のご家族も、婚約者の方々の家も。大きな被害が出ていますし、事情は全て把握しておられます。殿下、ウェルナー様。状況はおわかりですか？」

殿下とウェルナー様は、彼らの想定以上の事態に、驚きで硬直しています。

ここで第二王子殿下より更に上の段から、足音が聞こえます。

見ると、第二王子と同じ金髪碧眼で装飾の付いた服を着た、第二王子よりもう少し年上の男性が現れました。

お見かけするのは初めてですが、恐らく王太子殿下――ヴェンツェル第一王子殿下でしょう。王太子殿下は既に国内の有力侯爵家からコンスタンツェ様を妃に迎えていますが、妃殿下は本日、こちらへお見えではなさそうです。

王太子殿下の登場に、私は爵位持ちなので敬礼を、アレクシア様達やリッカルト様はいち早く最敬礼を。ウェルナー様や周りの貴族達は彼女達に若干遅れて爵位に応じた礼をされます。第二王子殿下は茫然《ぼうせん》としたまま王太子殿下の方を振り返ります。

王太子殿下は壇上で、ホールの皆に聞こえるように発言します。

「皆の者。本日は愚弟が卒業パーティーを台無しにして済まなかった。卒業パーティーは、近いうちに改めて実施させて頂きたい。本日はお開きとしたいが、折角皆が集まった機会である。二時間ほどはこのホールを開放するので、ご歓談頂ければと思う」

王太子殿下はここで一旦言葉を切り、第二王子殿下の方を向きます。

「エドゥアルトと側近達には、別室で話を聞かせてもらう。アレクシア嬢と側近達のご婚約者の方々も、できれば話を聞かせて頂きたい。リッペンクロック子爵には別途、話を聞かせて頂く機会を設けたい。詳細は後ほど連絡する。以上だ」

そう発言して、王太子殿下が退席していきます。第二王子殿下とウェルナー様は白く縁どられた鎧の騎士達……恐らく第一騎士団の方々に連行され、リッカルト様やアレクシア様達はその後ろに続いて退席していきました。

ふと気付くと、大勢の貴族の方が私の方へ向かってきます。

うわああ……！

殿下のせいでかなり目立ってしまいましたし、子爵家当主であることも明らかになってしまいました。そんな私に挨拶と、顔繋ぎをしようとしている方々が多いのでしょう。

私を小娘と侮《あなど》り、与しやすいと思っている方も割と居そうです。

でも……私は、今日は打ち止めです。

『あの男』、リーベル伯が拘束された安堵感と達成感はありますが、それ以上に『アレ』が居る王宮に来ること自体、私を消耗させます。

「子爵。本日はお疲れだろう。どうぞこちらへ。マリウス。彼女のエスコートを頼む」

アレクシア様とマリウス様のお父君、バーデンフェルト侯爵が傍に来ていて、退席を案内してくれました。

「イルムヒルト様、早々に退出致しましょう」

「は、はい。お願いします。有難うございます、侯爵様、マリウス様」

侯爵様の先導で、マリウス様のエスコートで逃げるように大広間を後にしました。

そのまま、王宮に来る際に乗せて頂いたバーデンフェルト侯爵家の馬車で宿まで送って頂き、マリウス様とお別れしました。疲れていたため、馬車の中でマリウス様とは殆ど話す気力がありませんでした。

そうして宿の部屋に入った後、侍女達にソファーで一息つくよう促されてから——ふと気付くと既に翌日の昼。私はベッドで寝かされていました。

その間のことは——何も覚えていません。

第二章　『あの男』との因縁《いんねん》を明かしました

パーティーから三日後、再び王宮に来ています。今回の用件は二つ。

一つは、パーティーの場で拘束されたリーベル伯の件。

この件の捜査の最高責任者に王太子殿下が指名されたので、事情を聞かせてほしいと王太子殿下から招集状が届きました。

リーベル伯の件と併せて、私の『行方不明』の経緯《けいい》を聞かれるのでしょう。

もう一つは、先日の卒業パーティーでエドゥアルト殿下が私を糾弾した件についてです。

リーベル伯の件の事情聴取が終わってから、アレクシア様の父君バーデンフェルト侯爵と王太子殿下とで会談を行うとのことで、その際に王太子殿下から私にお話があるようです。

王太子殿下の招集状を持って馬車で王宮に行きます。王宮の中は、細々とした世話事は王宮付きの侍従達が行うため、馬車止めから先には私の従者は連れられません。出迎えに来た侍従に書類鞄を託し、王太子殿下の執務室まで案内されます。

執務室の前で侍従が扉をノックします。

「リッペンクロック子爵イルムヒルト様をお連れ致しました」

「入り給《たま》え」

王太子殿下の許可により、執務室の中に通されます。

中には王太子殿下の他、五人の方々が会議卓に着いておられます。

うち三人は、何度かお会いしている方々ですが、いずれも国の要職にあられます。

この場は国の重臣の方々ばかりで、とても緊張します。

ただ『アレ』はこの場にはいませんのでそこだけは一安心です。

会議卓の、王太子殿下の正面の席に通されます。席に着くと殿下から話し始めます。

「子爵、よく参られた。本日は、先日拘束されたリーベル伯爵エッグバルトの件について、子爵から事情を聞かせて頂くために招いた。貴族家乗っ取りの私的な企ては重罪であり、本来は陛下の直轄《ちょっかつ》案件になる。しかし、リーベル伯は陛下と学院時代から関係があり、忖度《そんたく》が働く危険性があるため、この件には陛下は関わらず、私が責任を持つことになった」

それはいい知らせです。王太子殿下に、少しは期待して良さそうでしょうか。

「リーベル伯本人は未だ否認しているが、そなたの父エーベルトや、メラニー嬢への危害を装ったメイド、その他関係者の証言から、リーベル伯が長年、子爵家の乗っ取りを企図していた節がある。其方が七年以上行方を晦ませていた点、この件とも密接に関わると思われる。リーベル伯の乗っ取り疑惑について、事情を聞かせて頂きたい」

敬礼をすることで、了承する旨を伝えます。

「同席している五人は、この件に関連する調査を行う省庁の長官である。貴族省長官、商務省長官、第三騎士団長の三人はご存じだろう。残りの二人は、宰相と軍務省長官である」

列席する五人全員と礼を交わします。

正面に座る殿下の右隣に居られるのが、宰相であるデュッセルベルク侯爵。

今回のような貴族家乗っ取りの調査では、場合によっては強権の発動が必要です。国王が責任者であれば、強大な国王権限で動かせるものは多いですが、王太子殿下が責任者なので、権威を補い強権発動の後ろ盾を担うため、宰相閣下も呼ばれたのでしょう。

宰相閣下の右に居られるのが、軍務省長官であるバルヒェット法衣侯爵ですね。

軍務省は、騎士団以外の軍の管理を行う役所です。貴族家乗っ取りの関係者として、高位貴族家の分家などの関係者全員を一斉に検挙する場合など、人員を一気に投入する場合があります。

軍務省長官の更に右隣に座っておられる第三騎士団長、エルバッハ法衣侯爵。

第三騎士団は王都内の、王宮以外の重要施設の警備と、王都内の貴族関連の事件について捜査権限を持っていて、騎士団長にはこの一年大変お世話になりました。今回直接リーベル伯を拘束して取り調べを進めています。

殿下の左隣には貴族省長官、ミュンゼル法衣侯爵。

そろそろ勇退も近いと言われる高齢の貴族省長官には、私が当主になる際にお会いしてから、何度となくお世話になっております。

貴族省長官の更に左には、商務省長官、バーデンフェルト侯爵。

領の発展に関する相談で、アレクシア様と知り合うずっと前から商務省長官としてお世話になっています。アレクシア様からの学院へのお招きをきっかけに、プライベートでも交流が深まっています。

「では、早速始めたい。リーベル伯による子爵家の乗っ取りについて、子爵が把握している最初から話して頂けるか」

「畏まりました。先代から聞いた話なので、確たる証拠はご提示できませんが――十七年前、先代と父エーベルトの、結婚式からでしょうか」

お歴々《れきれき》の全員が目を剥きます。そんなに前から、と呟くのは王太子殿下です。

本当はもっと前からあるかもしれませんが、そうなると『アレ』の話もしないといけませんので、今は話したくありません。

「父エーベルトはリーベル伯の末弟で、子爵家当主に就任した母に婿入りする形での結婚でした。母が学院を卒業して一年あまりのことです。当然、結婚式は子爵家にて行うはずが、『弟を盛大に祝いたい、資金は出す』とリーベル伯が横槍を入れました。結局、子爵家に近い、伯爵領内の別荘地での開催に無理矢理変更させました」

「伯爵家の傘下に入ったという、既成事実を作ろうとしたのだろうな。子爵家としては逆らえなかったのか？」

王太子殿下が質問してきます。

婿に入るものが上位の貴族家でも、結婚式は婿入り先で行うのが普通です。何故なら、婿入りする者の領地でのお披露目を兼ねるものだからです。

しかしリーベル伯は、資金を盾に伯爵家領地で式を上げさせることで、子爵家が伯爵家の傘下に入ったとの既成事実を作ろうとしたのでしょう。

「当時、子爵領は作物の病害で大打撃を被り、支援金込みの父の婿入りだったのです。当時の子爵家には、逆らう力はありませんでした」

「そうか……。続けてくれ」

殿下に続きを促されたので、説明を続けます。

「やむを経ず結婚式に向かいますと、子爵家側の列席者は様々な理由で伯爵家の領内で足止めをされて会場へ辿り着けず、子爵家側からは母と祖父母の一行だけが会場に入りました。いざ結婚式に入ると、先代と祖父母を除き、列席者は伯爵家の関係者のみで占拠されていたそうです。列席者からは、まるで伯爵家が当家を取り込んだような扱いを受けたと、これは亡き祖父母から聞きました」

「……それは、伯爵家の関係者全員、取り調べ対象となりそうだな」

軍務省長官が呟きます。

「式の後、先代と祖父母は子爵家へ帰ってから伯爵家に抗議文を送り、貴族省へも申し立てましたが、受理されませんでした。支援金を返せばいいだろう、というのが不受理の理由でした」

「……それは、私のところまで申し立てが上がってきていれば覚えているはずだ。どこで止まっていたか、調べさせてもらいたい」

貴族省長官は苦虫を噛み潰したような顔をしながらも、調査を約束して下さいました。

「病害について農務省に支援を要望すると、高位の貴族家への支援に手一杯で予算がない、と支援を受けられませんでした。支援金を返すあてもなかったので、先代は父と離縁もできませんでしたが、せめてもの抵抗で、籍を入れたまま、父を子爵領から締め出しました。……ここまでが母から聞いた、私が生まれる前の話です」

「農務省側の当時の支援申請と審議履歴の照会は、私の方で手配する。貴族省長官、当時の申し立てと、それに関する審議の記録は洗えるか。担当者が残っていなくても、贈収賄《ぞうしゅうわい》に絡む人物だったかどうかは確認すべきだろう」

「了解致しました」

王太子殿下の指示に、貴族省長官は承諾をします。

話を聞くだけで有耶無耶にされたらどうしようと思っていましたが。そういうつもりがなさそうで良かったです。

王太子殿下が続きを促してきました。

「失礼した。続けてくれ」

「はい、話を続けます。結婚の翌年に私が生まれましたが、伯爵や父とは特に接触はありませんでした。先代が私を産んでから体調を崩しがちになり、私が生まれてからは祖父が領政を代行していました。先代の体調面と私の養育、それに伯爵を警戒していたので、祖父母もあまり先代の元を離れないようにしていました」

私も物心がつく前なので、この頃のことは殆ど覚えていません。ですが、この頃は……伯爵家からの干渉もなく、比較的平穏だったはずです。

そう思うと、少し温かい気持ちになります。

「しかし、その後三年経って、ようやく病害からの復興が見込めるようになってきた頃——伯爵領を通る行商人に通行料が課され始めました。これは野盗が現れるためとして、治安維持を名目に課されたのですが、対象は子爵領から伯爵領に入った場合に限定されていました」

王太子殿下は、その意図に思い至ったのか、苦い顔をします。

「随分、子爵家を狙い撃ちにした課税だな。狙いは行商人が子爵家へ行くことの妨害か」

「その通りです。当時、大きな街道の通らない子爵領に来る商人は、領内で商売をした後、そのまま街道の通る伯爵領の方へ行っていましたが、この通行料により、それらの商人は子爵領を避けるようになり、領内の景気が一気に悪化しました」

「これは王都で申請書の書面だけ見ていても、現地の事情を知らない限り意図がわからない。随分と悪辣《あくらつ》な手だな。同様のことが、他の領地でも起きているかもしれん。対策を考えねば」

商務省長官も、今まで見過ごしてきたであろう領地貴族の悪意ある政策に、苦い顔をします。

王太子殿下が商務省長官に問いかけます。

「商務省長官、当時の通行料の申請を確認できるか」

王太子殿下が商務省長官に指示されます。

「十三年前ですか……保管庫の奥かもしれませんが、確認してみます。しかし野盗については、その程度の治安維持活動は各領地の責任範囲ですし、十三年前ではその真偽を調べるのは難しいですな」

そういえば、記録は残っているので、これを提出しましょうか。

持ってきていた書類鞄から、祖父の日記を取り出します。

「一応、伯爵領の野盗について、当時祖父母が伯爵領へ出入りする子爵領民に聞き取った記録が残っております。祖父の日記なので正式な証拠にはならないかもしれませんが、参考資料にはなるかと思います」

「是非確認させて頂きたい」

控えていた侍従に、該当部分を開いた状態で日記を殿下に渡して頂きます。

「……ああ、この部分か。これを読む限り、死者や怪我人は出ておらず、多少の金品を取られたのが数回。それも少人数でいるところしか襲われない。つまり、野盗が居たとしても規模の大きいものではなかったのだな。普通、この程度では通行料の申請に許可は下りないだろう、商務省長官」

殿下から、商務省長官へ日記が渡ります。

「拝見します。――ええ、実態を知らされていれば、この程度では絶対許可は下りないでしょう。では、記録確認の後、この件に関して担当者に関する贈収賄がなかったかも、確認してみます」

王太子殿下がこちらに向き直ります。

「それと子爵、申し訳ないが日記は預からせて頂きたい。調査に必要な個所だけ写しを作成すれば、速やかに子爵へ返却しよう」

見られて困るものは……確か日記の最後の方に母のことで記載があったはずですが、外部には知られたくないことなので、ページごと抜いたはずです。多分、大丈夫だと思います。

「ええ、それは構いません。宜しくお願い致します」

「その後については？」

王太子殿下に続きを促されました。

「リーベル伯爵領での通行料については、そこから三年ほども続きました。放っておくと、子爵領がすぐに立ち行かなくなるのは目に見えていました。そこで祖父と先代は、領外で買い付けた生活必需品を領内で販売する商会を立ち上げ、子爵家を通過する商人に頼らない商流を作ったことで、ひとまず危機は去りました」

この商会を作ったことで、後に色々と動けるようになるとは、この時は誰も思っていませんでした。何が好転を呼ぶのかわからないものです。

「ただ領の経済が受けたダメージは大きく、それから領地経営は各地をきめ細やかに見ていく必要に迫られました。先代と祖父母が私を連れて、馬車で各地を頻繁に回ることになりました」

ここで、一息つき、いつの間にか給仕されていた紅茶を一口飲みます。

あの時のことを思い出すと、今でも――腸《はらわた》が煮えくり返ります。

「――私が八歳の時です。その頃には、母――先代の体調が悪くなり伏せってしまう時間も増えてきましたので、この頃から私も領地経営に一部携わっていました。当時、隣国との国境地帯で小競り合いが頻発して、戦争が起きるかどうかという緊迫した事態になっていたかと思います」

当時のことを思い出したのか、軍務省長官は苦い顔をしています。

「そんな中、子爵領とリーベル伯爵領の境界近辺に突如、百人規模の野盗集団が出没しました。その野盗集団が、子爵領および伯爵領を荒らし始め、再び子爵領は危機に陥りました」

あの野盗集団が……そこから起こる一連のことの記憶が、未だに私を苦しめます。

「ああ、それは当時軍務省内部でも話題に上った。しかし国境地帯の紛争対応で、軍務は手一杯だった……」

軍務省長官にとっても、苦い記憶なのでしょう。

「資金力のあった伯爵領は、独自で傭兵団を雇い、討伐を開始したようでした。しかし私達子爵家にはそんな余裕もなく、軍務省に討伐依頼を申請しました」

「あの時は……苦渋の決断だった。国境紛争が激化し始めたこと、隣接する伯爵領での傭兵団による討伐の開始を踏まえて、子爵領からの申請は却下せざるを得なかった。代わりに傭兵の雇用申請を出すよう通達したが……申し訳なかった」

軍務省長官が、ばつの悪い顔をします。確か、当時から長官職でしたね。

「……確かに、そうしたやり取りで徒《いたずら》に時間を浪費し、被害が拡大したため、またもや領地が窮地に陥りましたが……。お互い、どうしようもない事情があったのです。七年以上前のことですから、今更謝罪されても、としか言えません」

この時、申請が通っていれば、もっと早く傭兵雇用申請ができていれば……そう思うことはあります。悔しさは残りますが、だからと言って時間が戻せるわけでもありません。

「窮余《きゅうよ》の策として、子爵家で借金して資金を集め、伯爵領側で雇われた傭兵団に、子爵領側での野盗討伐を併せて行って頂くよう交渉しました。何とか交渉は成功し、傭兵団の活躍で野盗の討伐も進み、順調に被害が減り始めました」

「そうか。それは良かったな。それで、野盗については解決へ向かったのか？」

王太子殿下は問うてきますが、私は首を横に振ります。

「一連のことで、私達の心労は高まり、母……先代と、祖母が倒れてしまいました。野盗団の討伐は進み、沈静化へ向かっていたように見えたので、領内の静養地で休ませようと家族で向かいました。財政的には窮地で、護衛も雇えないほどだったのですが、野盗団の活動地域から大きく離れるし、大丈夫だと思って向かいました。ですが……」

あの時の悔しさ、自分の無力さが……今でも胸を締めつけます。

目頭が熱くなるのを感じ、それを見せないように目線を落とします。

「そこで何か、あったのか？」

当時のことを思い出し俯く私を見て、何かを察した王太子殿下が訊いてきます。

「野盗団の活動地域から遠く離れた山の中——そこで、全員が重装備の、三十人ほどの一団の襲撃を受けました」

殿下や重臣達の、息をのむ音が聞こえます。

「それは、ただの野盗ではないな……」

「……ええ、我々を襲ってきた集団は、武装も統制《とうせい》が取れた様子も、明らかに野盗とは思えませんでした。一方私達一行は、先代と祖父母、私の他は、高齢の使用人が六人ほどでした。私達にはその集団に対し成す術《すべ》もなく、全員が捕えられました」

あの時の私達には、どうしようもなかった。

そう理解していても、未だに当時のことが、頭を過《よぎ》ります。

「——そこで何があったのだ？」

王太子殿下が、その核心を問います。

あの時のことを思い返し、私の鼓動は速まり……でも、説明はしなければ。

深呼吸をして、少し気分を落ち着かせ、私はゆっくりと話し始めました。

「……彼らは私達全員を一箇所に集め、その中から子供の私を引っ張り出しました。そして私を盾に、先代や祖父母を脅していました。その後――突然、先代が集団のリーダーと思われる男に掴みかかったのです。そのリーダーと先代は、揉み合いになって――そのまま、先代は、殺されました」

あの時、奴に刺され、息絶えた母の姿が……瞼の裏に焼きついています。俯く私の目から……膝の上で固く握られた手に、温かいものが落ちます。

「私は……先代に、母の元へ駆け寄ろうとしましたが……、リーダーの男が、私達全員を、殺すよう指示したのです。咄嗟《とっさ》に祖父が私を抱きかかえて走り出しましたが、すぐに追手が後ろに迫ってきました。祖父は私一人を逃がし……追手に立ちはだかったのです。それが、祖父を見た最後でした」

私は涙が落ちるのをそのままに、話を続けます。

「そこからはもう、無我夢中で――どこをどう逃げたかは、覚えては……うっ、ううっ、……」

しばらくの間……私の嗚咽《おえつ》だけが、その場を流れました。

「つまり、子爵はその時、ただ一人……生き残ったのか」

王太子殿下は、私が落ち着くのを待ってくれました。

「……その時の、リーダーの男の特徴などは覚えているかな」

軍務省長官が聞いてきますが、私はあの男を忘れることはできません。

「……青い瞳と赤い短髪の、目つきの鋭い男でした。何より、右頬に三日月の形の特徴的な傷跡がありました。その男は、傭兵団の交渉の際に、駐屯地に居たのを覚えています。確か、周りにはゲオルグと呼ばれていたと思います」

「……軍務省長官、伯爵領から当時、傭兵雇用と野盗討伐の申請書が出ているはずだ。恐らくどの傭兵団を使ったかも申請書にあるだろう。その傭兵団に、その男が居るかどうか確認してくれ」

「了解しました」

私が長年手がかりを探し追っている、あのゲオルグは……そんなことでは多分、見つからないでしょうけど。

「王太子殿下、お願いがございます。ここから先の話は、あまり人に聞かせたくないことが――」

ここで、あまり知られたくない証言をする必要があるので、殿下に人払いをお願いします。

「侍従達を下がらせればよいか？」

「ええ、それでお願いします」

私の求めに応じ、王太子殿下が指示をして人払いをしてくれました。

人払いが終わったのを確認して、話を続けます。

「――気付いたら、薄暗い部屋で、ベッドに寝かされていました。後で聞いたところ、川を流されていたところを領民が見つけてくれて、医者に担ぎ込んだそうです。ただ、大きな刀傷があり、川を流されたせいで体も冷え切っており、かなり危ない状態だったようです」

「刀傷？　……人払いの理由はこれか」

王太子殿下が傷のことを気にしています。

「はい、背中を右肩から左腰まで斜めに。逃げている最中に斬られたと思うのですが、逃げている最中のことも、斬られたことも覚えていません」

「それほどの怪我であれば……後遺症は、大丈夫か？」

商務省長官が、私を気遣うように尋ねます。

「医者の腕と、傷が癒えた後の訓練により、今は普通に動く分には影響はあまりありません。ただ、背中には傷痕がはっきり残っておりまして」

ご結婚された若いご婦人が偶に着られるような、背中の空いドレスなど着られません。

「そうか……。皆の者、名誉のためだ。傷のことはこの部屋から漏らすな」

王太子以外の全員が頷きます。

「ところで子爵、担ぎ込まれた医者のところで治療を受けていたのだと思うが、その間に、野盗団は討伐されたのか」

商務省長官が、野盗団がどうなったのかを尋ねます。

「治療を受けている間に、討伐完了の発表が、伯爵と傭兵団の名前で出されたそうです。確かにそれ以後、野盗団の被害はなくなったみたいですが、領内はそれどころではなかったのが実情で」

「それどころではなかった、とは？」

王太子殿下は、まだ何かあるのか、という顔をしています。

「私自身は動けなかったので、医者に聞いた話ですが、私が担ぎ込まれた頃、突然リーベル伯が兵を率いて子爵領に入り領主館を占拠しました。私達子爵家が野盗集団に襲われ行方不明なので、隣接する領の混乱を抑えるために来た、という名目だったそうです」

「タイミングを計ったかのようだな。しかしそんな状況とはいえ、領主の娘が斬られて倒れていたのだ。誰かが君の状況を領主館に伝えに行かなかったのか？」

王太子殿下が呟き、周りの長官達も頷きます。

「私達は何年も領内を回って、現地を見なければわからない問題の解決に当たっていましたので、領民達には顔を知られていました。一方リーベル伯のことは、通行料の件もあって、領民達は誰も信用していませんでした。私のことを伯爵に知られてもいい結果にならないと、彼らは診療所の屋根裏に私を匿《かくま》ってくれたのです。当時匿ってくれたあの村の方々には、本当に感謝しています」

「匿ってくれた、ということは、何か伯爵側からの接触が？」

商務省長官が質問します。

「はい。私の意識が戻ってから、領主の娘を探していると言う随分と物々しい集団がやって来たそうです。どうやら医者が注文していた薬の内容から辿られたようでしたが、村の方の機転で難を逃れました」

先代と祖父母が私を連れて何年も領内を回って、領地を回復させよう、もっと暮らしをよくしようと領民の皆さんと一緒に頑張ってきた日々が、私の礎になっています。

その中で築いた領地の皆との信頼関係こそが……何より大事なのだという思いが、あの時からより一層深まりました。

「普通の領地貴族は、代官を置いたりして、数字の上、書類の上でしか統治をしない。領地の問題を領民達と一緒に解決する、ということは殆どないはずだ。子爵家がそのような貴族家であれば、この時点で伯爵による子爵領の乗っ取りは終わり、子爵領の併合の申請が出され、陛下と私はそれを承認していたかもしれんな」

宰相閣下が、子爵家のことをそう評価してくれました。

「ところで、先ほど『リーベル伯が兵を率いて、領主館を占拠した』と言ったが、国境警備の任のある辺境侯ならともかく、伯爵くらいでは私兵の所持は禁止しているはずだがな」

軍務省長官が疑問を呈します。

「恐らく野盗討伐の活動の一環という名目で、傭兵団を子爵領に連れて来たのでしょう。野盗団の討伐完了の発表も、領主館の占拠の後の話でしたから」

「伯爵に占拠された領主館は、その後どうなったのだ？　現在は確か……子爵の父君、エーベルトの住まいになっていたはずだが」

「後になって聞いたのですが、領主館を占拠後、行政所——領の統治組織に対して命令を出したり、領民に資材供与を命じたりしたそうです。しかし行政所は伯爵の命令を聞かず、それを知った領民達も伯爵を無視したようです」

商務省長官が、何やら頷いています。

「商務省長官、どうした？」

「ああ、殿下。この後何が起きたかが大体想像できるな、と思っただけですよ。そんなに長いこと、伯爵は領主館を占拠していられなかったのではないかと。合っているかな、子爵」

「どういうことだ？」

私は商務省長官に頷きますが、殿下は何故そうなるか理解できない様子です。

「自分の言うことを聞かない行政組織や領民達に腹を立て、伯爵は連れて来た兵士達を連れて行政組織を脅迫しようとしたのでしょう。しかし連れて来た兵士は傭兵団だとしたら、大抵傭兵団は独立の気風が強いですから、伯爵の私兵扱いされれば、怒って帰ってしまうでしょう」

私は頷き、その商務省長官の予想が正しいことを示します。

「しかしそれでは、リーベル伯も子爵家の乗っ取りを諦めざるを得ないだろう」

「そこで登場するのが、子爵の父エーベルトです。リーベル伯はリッペンクロック家の籍のままになっている弟エーベルトをここで呼び寄せ、行方不明の子爵家の代わりとなる当主代理に就けたのでしょう」

「そうか。そうして自分の意で動ける者を代理に置いておいて、エーベルトの統治が浸透《しんとう》した頃に改めて乗っ取ろうと思ったわけだ」

当時の状況は、概ね、商務省長官と殿下の予想通りに推移しました。

「伯爵が来てから去っていくまで、どのくらいの期間があった？」

王太子殿下が質問します。

「長く見ても、一か月に満たなかったはずです。私は、一週間以上は意識が朦朧《もうろう》としていたようですし、意識が戻っても二か月はベッドから動けませんでした。伯爵が去った話は、意識が戻ってからは割と早いうちに聞いたと思います」

「それでは、伯爵が子爵領の領主館を占拠したことは、こちら側の記録にない可能性が高いな。恐らく既成事実を作ってから報告書を出すつもりだっただろう。当てが外れて、エーベルトの名で当主代理の就任と経緯の説明の報告書が挙がっている、といったところか。念のため、軍務省と貴族省の双方で、当時の記録を当たってくれ」

「了解しました」

王太子殿下の指示に、それぞれの長官が応諾《おうだく》します。

「子爵、私は愚弟とは違って貴族名鑑は毎年必ず確認している。毎回所在確認中との注釈付きで、其方が当主との記載が七年前からあった。当主代理エーベルトの名もあったが、一体どういうからくりで、其方が乗っ取りを防ぎ、当主として貴族名鑑に登録されることになったかを教えてくれぬか」

やはり、そこは訊かれますよね。王太子殿下の質問に答えましょう。

「まず申し上げますと、父エーベルトはただ領主館に居ただけで、具体的な領地経営は何もしなかった、ということが大きな要因です」

「当主代理としての仕事を、何もしなかった？」

信じられない、という殿下の顔です。

「エーベルトが、行政所のトップである領政補佐やその下で働く文官達に命じたのは、報告書は例年通り上げるように、ということくらいでした。エーベルトがやっていたのは、行政所が作成した報告書をそのまま国に提出するだけの仕事です」

皆が、そんな実態に呆れた様子を見せています。

まあ、私がそう仕向けた部分もあるのですが……。

「そんな杜撰な領地経営をしていたら、領地は荒れて衰退してしまうのではないか？」

「そうならないように、それからの子爵領を実質的に統治していたのが、目の前の彼女なのです」

王太子殿下の疑問に答えたのは、貴族省長官です。

「恐らく医者の元で療養中から、領の行政組織と緊密に連絡を取り合っていたのでしょう。表向きは代理を立て、代理本人や伯爵から身を隠しながら、裏では彼女が行政組織への指示監督をしていたのです」

当時の私を知る貴族省長官が、殿下にからくりを説明してくれます。

「ちょっと待て、子爵は当時八歳だったか？　その歳で当主と貴族名鑑に記されるとすれば、当主代理が後見人として、実質的に領地経営をするのが普通ではないか」

殿下のように、そう考えるのが普通だと思います。

「正に、普通は殿下のように考えるでしょう。女児への当主交代と同時に当主代理を置いたのを確認した他の貴族家は、領主本人に直接接触をせず、まず代理に連絡するでしょう。まして行方不明扱いであれば、代行が領主の身を案じて、成人になるまで隠していると認識されます」

貴族省長官が、当時の考えを明かします。

「他の貴族家との交流もまず当主代理のところに行くから、他の貴族家からも成人まで身を隠せるわけだ。上手い手を考えたな、貴族省長官。しかし、子爵個人への支援もそこまで行くと、些か長官としての職分を超えるのではないか？」

殿下は貴族省長官に、暗に越権行為ではないかと言いますが、長官は首を振ります。

「殿下、この策は私が考えたわけではありません。全て子爵が自分で考え実行したことで、私は長官の職分を越えない範囲で支援したに過ぎません。彼女は傷が癒える前に王都にやって来て、当主交代について私に面会を求め、必要な手続きを全て彼女自ら行いました」

殿下や宰相閣下、軍務省長官が驚きます。

「本当なのか、長官。子爵は当時八歳だぞ。信じられん」

「あの時のことはよく覚えています。貴族家の女性が当主就任について相談のため面会したいという申請があり、私が長官室で直接面会しました。当日、車椅子に乗った小さなレディが入ってきて驚きましたよ」

貴族省長官が目を細めて答えてくれます。

「そうでしたね。母や祖父母の愛した領地を、伯爵や父に渡すわけには行かないと思ったのです。当時はまだ、使用人の手を借りなければ出歩くこともできない状況でしたが、貴族名鑑の更新時期に来ていたので、無理を押して王都へ行き、長官に面会を求めたのです」

貴族省長官の発言を裏付けるため、私からも答えました。うかうかしているとエーベルトや伯爵に乗っ取られるとの思いで、当時は必死だったのです。

「その歳での当主交代は、なんと説明したのだ？　先ほどの事件の話を長官に？」

「いえ、私が聞いていたのは、馬車の事故で家族が亡くなった、入り婿が当主代理を自称しているとだけ。先ほどの武装集団の件は、初めて伺いました」

貴族省長官の回答に、殿下は驚いて私を見ます。

「何故、先ほどとは違う話を？」

「私は当時八歳でした。先代と祖父母が殺されたことは……証拠を探すこともできず、いくら訴えたところで、まともに取り合って頂けなかったでしょう。そう説明するしか、当時の私の状況を納得頂ける方法はないかと思ったのです。その上で、自称当主代理から身を隠しながら、私が当主として認められる方法として、先ほどの案を、長官に相談しました」

「なるほど、納得されやすい内容に絞ったわけだ」

王太子殿下の理解が早いです。弟殿下と大違いですね。

「はい、その通りです。その時長官から提示されたことは四つです」

当時の長官の提案は以下の通りでした。

・年次決算報告や納税処理など、領地貴族家当主としての義務を果たすこと（義務以外の目に見える成果があるとなおいい）
・それらの報告書を、王都で貴族省に直接提出すること
・報告内容について担当者からの具体的な質問に、その場で自分で答えることができること
・貴族省が直接連絡を取れる窓口を設けること

「これらができるなら、『貴族名鑑に当主と記載する年次記載証明を直接渡すこと』『貴族名鑑上では所在確認中として実際の所在地を暈《ぼか》すこと』『貴族省内で窓口を管理する担当を限定し、担当外には王族・高位貴族家であっても絶対に漏らさないこと』を、長官に確約頂きました」

王太子殿下が貴族省長官の方を向いて、質問をします。

「名鑑に『所在確認中』と記載するのは、継子《けいし》ないし血統保持者が当主や家族から虐待を受けていて、貴族省が秘密裏に保護し家族と隔離した場合などに適用する記載ではなかったか」

「ええ、一般的な用途は殿下の仰る通りです。子爵のように当主にその記載を適用したのは初めてでしたが、状況を鑑みると、子爵を当主代理に預けてもいい結果にならないと思いました」

殿下の質問に、貴族省長官が答えます。

必要に応じ貴族省が血統保持者を不当な圧力から保護することは法律に明記されていても、名鑑に明確に所在を記載すると元の家族に連れ戻されてしまい、再度虐待に遭う可能性があるために考えられた処置だと、当時貴族省長官に伺いました。

「ふむ、それもそうだな」

殿下が納得したので、貴族省長官が続けます。

「それに当時から領地に関する質問にも自分でお答えになられており、既に領地経営に関わり、当主としての最低限の能力は備わっていると判断しました。ただ、当時は領地経営以外の部分、特に貴族家同士の社交や交渉事に対する経験が浅く、年齢も考慮すると、所在を明確にしてしまうと百戦錬磨《れんま》の他貴族家から身を守るのが困難と想定されたのです」

「その状況で当主として立つと、他貴族家の食い物にされかねんな。八歳で既に領地経営で問題がなかったのは驚きだが、他の面の実力をつけるまで隠すのは当然だろう」

そう王太子殿下は言いますが、現在も私が窮地にあること、殿下は気付いているでしょうか。

「もし子爵が当時領地経営に関わっていなかったら、そのまま王都で保護観察に置いて成人まで教育し、その間当主代理に領地を任せてみて、教育の成果と当主代理の能力を比べて判断する、ということになっていただろうな」

殿下の想定に、私から答えます。

「ええ、そして保護観察下に置かれてしまったら、裏からリーベル伯が助力して成果を出させ、正式に代理が取れる方向で乗っ取られることは想像できました。防ぐには、最初から当主として認めて頂くしかないと思ったのです」

「……八歳で既にそこまで考えて……。いや、いい。続けよう。それ以降、リーベル伯から領の方へ何か圧力などはあったか」

殿下は驚きっぱなしです。

「当主代理として自分の弟が立ったためか、通行料などの直接的圧力は止まりましたが、今度は領政補佐や文官達を取り込もうと、伯爵領の文官達が何度もやって来ました。当主代理の後ろ盾をもって領地経営の様々な分野で口も手も出そうとしてきましたので、裏で行政所や自警団と連携を取って退けました」

「表立って当主代理を排除できないのは厄介なものだな」

軍務省長官の言う通りですが、身を隠すための隠れ蓑《みの》でもありましたので、排除すればいいという物でもありません。

「そのくらいならどうにでもなったのですが。急に資金が必要になったとして、領の運営資金を提供するよう要求する者が、当主代理名義の命令書を持って行政所に現れた時は頭を抱えました」

「それは、エーベルトが領主館で奢侈《しゃし》に耽《ふけ》っていたと？」

貴族省長官がそう問いますが、首を振ります。

「父やメラニー様は、慎ましやかだったと聞いています。ただ、個人で奢侈に耽るにしても金額が大きかったので、要求額の四割程度を持たせて追跡すると、資金は父のところではなく、直接伯爵の元に流れていました」

「ということは、エーベルトの持つ当主代理の印璽《いんじ》を、伯爵が勝手に使っていた？」

商務省長官の問いに頷きます。

「私は当主代理の印璽を父に発行していませんから、最初から伯爵が偽造していたのでしょう」

「そのような命令書は、何度もあったのか？」

正直、この手札は切りたくなかったのですが……リーベル伯を確実に罪に問えるのであれば、出すべきでしょう。書類鞄から書面を取り出し、殿下に差し出します。

殿下が書面を受け取り、内容を確認します。

「この書面は？」

「こちらは当主代理の命令書による資金要求と、渡した金額、資金の行き先の記録となります。行き先の調査は、私の配下によるものです」

「……年々、回数も金額も増えているな。大半がリーベル伯に直接渡っている」

「具体的にリーベル伯が何に使ったかまで、わかっているのですか？」

宰相閣下が驚いて殿下に尋ねます。

「この書面によると、金額の多いものは王都でのタウンハウスの購入に、競馬場での社交だな。ただ、使途不明金も多い」

「リーベル伯は、先代の頃からタウンハウスを所持していたと聞いていますが」

宰相閣下が殿下に疑問を呈します。

「ここに書いてあるタウンハウスは、それとは別だろう。エーベルトが購入したことになっていて、子爵家の資産として登記されている。だが実際に使っていたのはリーベル伯らしい。タウンハウスの維持費や経費も子爵家持ちか。この使途不明金については？」

「持ち出された金額と、競馬場での社交費用の差額です」

殿下の質問に、算出根拠を述べます。

「少なくない金額が、どこかに流れている可能性もあるか……。これは、我々の方でも調査が必要だな。まずは、これについてリーベル伯を尋問だ」

リーベル伯の罪状が一つ増えそうです。書面を出した甲斐がありそうで、ほっとしました。

「あと気になったのが、伯爵ではなく、エーベルトの内縁の妻アレイダに流れているものがあるな。伯爵ほどの多額ではないが……。恐らく私的流用目的だと思うが、退けられなかったのか？」

殿下はそう言いますが、私は首を振ります。

「父やメラニー様は慎ましやかだったと申し上げましたが、アレイダ様だけは奢侈に耽り、王都から衣装や装飾品を取り寄せておられました。その資金だとはわかっていましたが、体裁はともかく、当主代理の印璽のある命令書を、行政所は退けられませんので……。アレイダ様も父から印璽を勝手に拝借して命令書を作っていた物と思われます」

印璽がある以上、その配下の行政組織は受け取らざるを得ません。

そうでなければ、行政組織側が公然と領主貴族を無視できてしまいます。

「そうか。こちらの書面は、我々の方で裏付け捜査をしよう。しかし子爵は王都での諜報の手段まで持っているのか」

「生き残るには、周りの状況をいち早く得る必要がありましたので」

伯爵の足取りを掴むため、諜報の手を王都まで伸ばしたのがきっかけですが、この手段があったからこそ第二王子殿下の行動が把握できたのです。

競馬場での伯爵の足取りを調べていて、思わぬ情報が入って驚きました。

「そういえば、父上が競馬場のテコ入れをして、今の競馬場の形になったのが、この資料に書かれている、伯爵へ資金が流れ始めた頃ではなかったか。競馬場については、軍務省長官が詳しかったな」

「……ちょうど、競馬場を開いて少しした辺りから、子爵家からの資金流出がかなり増えています」

　軍務省長官が、殿下の問いに答えます。

「競馬場は元々、軍務省で軍馬を育成する部署が育成担当のやる気を維持するための軍馬の教練場だったはずです。軍馬の大きさや用途別に競わせる競技会が年一回行われ、勝った馬の育成担当を表彰していました。子爵領には大型馬の育成牧場があり、小さい頃そこを母や祖父と訪れた際に、母や牧場主からはそう聞きました。

　ただ、競馬場を使って広く資金を調達できる仕組みを作って資金調達を補おうと、国主導で競馬場の改革が始まり、今のようにレース順位予想に対する賭け事の胴元を王家が担うことで、大きな資金調達を成功させたようです。

　伯爵の足取りを調べるために王都での諜報の手を伸ばしたら、競馬場が貴族の娯楽と賭け事の場になっていて驚いたのを覚えています。

「王家として、領地貴族家、特に高位の家の多額の余剰資金を吐き出させる狙いがあったことは否定しない。ただ子爵の場合については、自領の余剰資金を出したくなかった伯爵が子爵の領を金蔓にしてしまったのだろう。その点は子爵には申し訳なく思う」

「いえ、辛うじて領の経営に影響が少ない範囲に抑えていましたので大丈夫です。罪状が確定した暁には、伯爵家から複利をつけて資金で弁済頂けると思っています」

　伯爵領からの領地分割による加増とか、あまつさえ昇爵での弁済はいりません。

そこは王太子殿下に釘を刺させてもらいます。

「……む、そうか。ともかく、現時点で必要な情報は子爵から得られたと思う。子爵の協力に感謝する。再度確認を取りたいことが出てきたら連絡する。その際には宜しく頼む」

着席のまま殿下に礼をし、了承の意を伝えます。

「後は子爵に伺った話や提出頂いた書面を元に、こちらで裏付け捜査を行う。聞き取っただけでもここまでの内容だ。リーベル伯は供述を拒否しているが、子爵家からの資金略取は確実に罪に問える。乗っ取りについては伯爵の係累者達も拘束し取り調べることになる。捜査に時間はかかるが、こちらも無罪にはならないだろう。放免することはないので、安心してほしい」

「……宜しくお願い致します」

それは安心できる材料です。一つの懸念が消えました。

「エーベルトについては、領の資金の不正流用への責任は重い。ただ、尋問には素直に応じているらしい。アレイダはあのパーティーには来ていなかったが、エーベルトと共に王都には来ていたので、既に拘束している。本人は半狂乱になっていて尋問はまだ進んでいないが、この書面があれば、罪には問える証拠は揃うだろう」

アレイダ様については思うところがありますので、この際お願いしておきましょう。

「当時の目録が残っているかはわかりませんが、子爵家の領主館に残されていた子爵家資産についても、調べて頂きたく思います」

「伯爵やアレイダによる横領、もしくは無断売却の有無についてだな。了解した」

殿下に礼をします。当時の混乱で散逸している可能性もあり、結果は期待できませんが、調査報告を待ちましょう。

「メラニー嬢やヨーゼフ氏も尋問には素直に応じている。両名は関わっていない可能性が高い。ただメラニー嬢は、エーベルトやアレイダとの連座を希望しているが、子爵はどう思う」

殿下に問われますが、メラニー様に対して恨みはないどころか、私が彼女に責任を感じています。

「直接領政補佐のところに何度も乗り込んで、領の資金を持っていったアレイダ様はともかく、メラニー様は資金持ち出しに関わっていません。むしろ彼女は、偽襲撃騒ぎの被害者です。実害はないといえ、その件で実行犯を泳がせていたことに責任を感じています。彼女については寛大なご判断をお願いしたく思います」

「了解した」

一息置いて、王太子殿下が居住まいを正して話します。

「最後に子爵。……ご母堂《ぼどう》様やお祖父様、お祖母様のことは、お悔やみ申し上げる」

王太子殿下が、少し頭を下げます。

……ここは、返礼をすべきなのでしょうが……私は、俯くに留めます。

「貴族省長官から提示された内容には譲歩もあったと思うが、当主としては当然の内容だ。だが弱冠八歳でそこまでできる者は、例え高位家であっても普通は居ない。私も八歳当時にそれをやれと言われてもできなかったのは間違いない」

一体、殿下は何を話そうとしているのでしょうか。

「そんな中、乗っ取りの脅威を受け、身を隠しながら七年間。ただ当主として認められただけではなく、領地の発展も目覚ましい成果を挙げている。そのような、他には真似できないようなことを成し遂げてきたのだ。それは誇っていい。私は其方《そなた》に敬意を表したい」

……殿下が私の状況を正しく理解していないということは、よくわかりました。

「有難うございます」

色々と内面には渦巻く感情がありますが……表面上だけは素直に謝意を表明します。

「本日の内容を持ち帰り、各々調査するように。では、この場は解散とする」

殿下の宣言を受け、私以外の全員が礼をします。

「商務省長官……バーデンフェルト侯爵として別件の話があるので、この後少し残って頂けるか。子爵にも同席頂きたい。申し訳ないが残ってくれ。準備があるため、二人にはこの部屋で少々お待ち頂きたい」

殿下が終了を宣言し、執務室を一旦退出されます。

皆で礼をしてお見送りした後、バーデンフェルト侯爵を除く皆が退出します。

◇　◇　◇

この後はアレクシア様の件でしょう。

私が残るように言われたのは、エドゥアルト殿下についての謝罪でしょうか。

ただ、今のうちに侯爵と話をしないといけないことがあります。

とはいえ壁際に侍従が数人控えているので、下手なことは言えませんね。

侯爵に目配せし、小声で言葉も最小限で会話します。

「これを」

そう言って、侯爵に小さいメモをこっそり渡します。

侯爵は受け取ると一瞥し、すぐ懐に仕舞います。

アレクシア様から第二王子殿下の行状について相談をされて以来、私も協力して、殿下の行状を侯爵に伝えていました。先ほどのメモもその関連です。

内容は私の手に余りますので、侯爵に上手く使って頂きましょう。

「これも？」

「あり得ます」

侯爵の短い質問に、短く返答します。

具体的な話を、侍従達に聞かれるわけにはいきません。

しばらく侯爵は考えた後、表情を緩やかに戻して話しかけてきます。

「ここからは普通に話そう。子爵、娘の友人になって、目を掛けてくれて本当に有難う。この一年の娘の話題は七割が子爵絡みだったよ」

「こちらこそ、アレクシア様にはお世話になりました。友人の件は……初対面の私を師と仰ぎ、平身低頭になられるので、居たたまれなくなりまして」

学院にお招き頂いた際、アレクシア様から『師として仰がせてほしい』というお願いをされました。殿下の婚約者であり先輩であったアレクシア様にそんなお願いをされ、心の置きどころに困った私が『友人としてなら』と逆にお願いしたのです。

「ああ、娘は小さい頃から、尊敬できるとか学びたいと思った相手にはとことん素直になってしまう傾向があった。過去の家庭教師達は娘に絆《ほだ》されたが、素直になり過ぎる娘を心配していた。子爵もまた絆されたようだ。娘はある意味、人誑《ひとたら》しかもしれんな。平身低頭とはまた極端だが。子爵はよほど懐かれましたな」

絆されたとか、懐かれたとか……思い当たる節がないわけではありません。

「そうかもしれません。ただそういう極端に走らなければ、見所のある人には年下でも頭を下げて教えを乞うというアレクシア様の姿勢は、私はいいなと思えました。拝まれるくらいなら、友人関係くらいの気安さがいいのではと思いまして」

あの方は、自分より優れている、学びたいと思った相手には、とことん腰を低くして礼を尽くすところがおありです。

それを私も好ましく思う反面、振れ幅が大き過ぎて逆に心配にもなってしまうのです。

「あと──貴族令嬢として普通に学院に通っておられる方々の、その……」

「ああ、なるほど。あの環境で培われた、近い年代同士の関係が、羨ましくなりましたか」

ちょっと顔が赤くなった私の本音を察した侯爵の的確な表現に、思わず目を逸らしてしまいます。

「でしたら、子爵も二年から学院に通えばいいじゃないですか」

「えっ？」

素で驚き、思わず声を上げて侯爵を凝視してしまいました。

「子爵が学院に籍を置いたのは、伯爵をおびき出すため。通っていないのは、カリキュラムが貴女には既に実践している内容だから。だから伯爵が捕まってしまえば、学院の籍を抜こう、なんて考えていませんでした？」

「……仰る通りです」

侯爵は、ふふふ、と柔らかく笑います。

「やはり、そうでしたか。でもね、大人になる前の、学院の中で培う友人関係は貴重ですよ。学院を出たら強制的に大人にされてしまうので、学院を出てからそんな関係を築こうと思っても、できるものではありません。既に当主であられる子爵なら、猶更《なおさら》ですよ」

確かに、学院へお招き頂いた時の、アレクシア様やクリスティーナ様、カロリーナ様達、領地経営勉強会の皆様との交流は心地良かったのです。

それが、私の中に僅かな迷いを生じさせています。

「子爵が、人より早く大人にならざるを得なかったのは理解できます。でも貴女は、今はまだ、十六歳ですよ。少しくらい学院生活を楽しむ時間を持っても、許される年齢です」

そうでしょうか。でも、当主としての仕事もありますし……。

そう思う私の心を読み取ったかのように、侯爵は続けます。

「もう七年以上、当主として奔走されているのです。リーベル伯の件も片付きそうですから、それくらいの余裕はできるのではないでしょうか。――あとは、子爵がどうしたいかですよ」

「！」

その言葉は……！

「殿下のことで娘が悩んでいる時に、子爵がこの言葉で叱咤《しった》してくれたそうですね。あれで娘の目が覚めたようです。以前は気弱だった娘が、今では芯もしっかりし、驚くほど強《したた》かになってきました。それに対する感謝だと思って下さい。娘を焚きつけた言葉、そっくりお返ししますよ」

「……そうですね。領に帰ってから、皆と相談してみます」

どうしたいか、と言われれば……。

侯爵閣下には敵《かな》いませんね。降参です。

「それがいいでしょう。もし学院に通うことになったら、教えてくれますか。その前に子爵に引き合わせたい者が居ますので、招待状を送りますよ」

「わかりました。その時はお知らせします」

引き合わせたい？　……一瞬、マリウス様のことが思い浮かんで、とくん、と胸が鳴りました。

どうして、ここで私は、マリウス様のことを？

「パーティーではあまり話せなかったので、娘も色々お礼をさせてほしいと言っていてね。そっちは近いうちに招待が行くと思うので、宜しく頼む」

「そちらは必ずお受けしますので、アレクシア様に宜しくお願いします」

返答をしている最中に王太子殿下が戻ってきたのを確認しました。

礼をして殿下をお出迎え致します。


殿下が席に着いて、早速始めます。

「侯爵、子爵。待たせた。察しはついていると思うが、エドゥアルトの件だ。競馬場で遊び呆けていたに留まらず、あんなことになっていようとはな」

実際のところ、第二王子殿下の愚行は、贈り物の質流しと競馬場での散財に留まりません。

具体的な内容は、侯爵閣下から王太子殿下へ既に突きつけているのでしょう。アレクシア様にはお伝えしていませんが、勘の鋭いあの方には、ある程度想像がついていると思います。

「現在、エドゥアルトは自室で謹慎させている。今後のことはまだ決まっていないが、この度のこと、瑕疵《かし》はエドゥアルトにある。それを踏まえて処分を検討中だ。本来ならもう決定して、本日内容をお伝えする予定だったのだが、王族内部の意見が割れていて調整が難航している」

エドゥアルト殿下の処分については王族内のことなので、私としては構わないのですが……。

「侯爵、アレクシア嬢に傷がつかないように最大限配慮する。現時点ではこのような回答で申し訳ない。それから子爵、先日の子爵に対する侮辱、いずれ本人にも謝罪させる。だが、まずは王家を代表して私から謝罪したい」

王太子殿下は私に対して頭を下げますが……正直、呆れました。

殿下の謹慎は当然として、処分と補償について、まさかのゼロ回答とは。

それでも侯爵の方は、そう簡単に決まらないだろうと想定されたので、まだ想定の範囲内です。

しかし私の方はそうはいきません。具体的な損害がありますが、やはり王太子殿下は気付いていないのでしょう。

殿下を返り討ちにした代価は、別の方向で私を窮地に追い込んでいるのです。

先ほど、ご自分で仰っていましたよ？

侯爵と目配せを交わし、先に私の方から片付けるよう侯爵に促されます。

「王太子殿下、申し上げても宜しいでしょうか」

「？　何だろうか」

私が何を言おうとしているか、殿下はわかっていない様子です。

「恐れながら申し上げます。先日の件、私が如何なる損害を被ったか、認識されておられるでしょうか」

「損害……！　そうか、本来明かさなくて良かった、当主の証明……」

あちらの殿下は論外としても、こちらの殿下も言われて初めて気付きますか。

「ええ、その通りでございます。元々、時間をかけて子爵家を支えてくれる婚約者を選定してから、じっくりと社交に出ていく予定でした。それが第二王子殿下の暴挙によって、婚約者も後ろ盾もいない、与しやすそうな小娘の当主であることが……大勢の人に知れ渡ってしまいました」

今や、社交界注目の草刈り場となっています。

既に王都で滞在する宿に、茶会や夜会の招待状、果ては釣書まで送られて来ております。

あまつさえ、いくつかの高位貴族家からは、紐付きのプライベートな招待状さえ届いております。

プライベートな招待状……高位貴族家からのお茶会の誘いですが、間違いなく、後継ぎ以外の子息との顔合わせがセットになっているでしょう。そして当主自ら、その子息との婚約を強要してくるはずです。

「子爵の歳では、普通は既にデビュタントを済ませ、親同伴である程度の社交は行っているものだから……子爵もそのようなものだと思っていた」

王太子殿下は蒼白になっています。

私に何が起きているか、殿下もわかったのでしょう。

リーベル伯の乗っ取り事案を退けたら、それより高位の貴族家から合法的な乗っ取りを狙われる事態に陥りました。

それもこれも、第二王子殿下によるパーティーでのやらかしによるものです。

「お陰で、善意の高位貴族家の後ろ盾を早急に探さないといけません。代価として、継子ではない子息を婚約者として受け入れることになるでしょう。全ての予定が狂ってしまいました」

「も、申し訳ない！　では私の後ろ盾は……」

「例の殿下とセットにされても困りますので、ご遠慮致します」

皆まで言わせません。色々な意味であり得ないので、お断りします。

「……愚弟のことがあった後でこれだ。私の信用もないか。せめて、王家からの補償について最大限考慮させてほしい。領地や爵位などは不要ということだったな」

「ええ、斯様《かよう》なものを頂いても手に余りますので、ご考慮頂きたく」

「……了解した」

言いたいことは言えました。私の話は終わったので、侯爵の方を見て頷きます。

ここからはアレクシア様の婚約に関する話になるので、私は一応関係のない立場になります。

「殿下、私はこのまま失礼致します。侯爵、またご連絡致します」

私は席を立って、王太子殿下と侯爵閣下にご挨拶をします。

「子爵、すまなかった。補償については早急に連絡する」

「色々有難う。アレクシアの件は宜しく頼む」

顔を上げ、このまま執務室を後にします。

王太子殿下、随分憔悴《しょうすい》していますが、侯爵閣下との交渉が本番ですよ。

第三章　優しい方々との交流が深まりました

今日はアレクシア様にお招き頂き、バーデンフェルト侯爵邸にてお茶会です。

「リーベル伯が捕えられたのでしたら、先日のパーティーのような地味な恰好にする理由はないでしょう。今日は思い切り華やかにいきましょうね！」

と、侍女長ロッティや他の侍女達が久々に張り切りました。

ロッティは、子爵領で祖父が立ち上げた商会を実質的に取り仕切る、副商会長ハイマンの次女に当たります。私があの事件で倒れ療養していた時に私の元に寄越されて以来、私の腹心として動いてくれています。

他の侍女達は、先代の頃から仕えてくれる年配の女性が多いのですが、私のことをよく知るロッティを侍女長として置くよう推薦するなど、私やロッティとも良好な関係を築いています。

「そうですわ。もう当主様の事情に遠慮する必要はないのですね！」

「では、この辺りのドレスはどうでしょう！　当主様の髪色がとても映えそうです」

「こちらも、刺繍が素敵で、当主様が華やかに映ると思いますわ！」

侍女達がドレスや装飾品選びで色々な装いを提案してきますが、どういう装いなら映えるのか、自分では正直よくわかりません。ただ、今まで身を隠していたから地味な装いに慣れてしまっていて、こういう華やかな衣装は少し気後れが……。

「侯爵家へのご招待とはいえ、イルムヒルト様も子爵家当主でいらっしゃいます。どこに遠慮する必要がありますか」

私の気後れを察したロッティが諭してきます。

適切な反論が思いつかない私は……侍女達に委ねることにしました。

侍女達の議論の結果、薄いグリーンに染められた、シルクの光沢に草の蔓の刺繍による縁どりが美しいAラインドレスで落ち着きそうです。

華やかな装いについて私は不得手ですが、これから表に出ていかなければならなくなる以上、避けては通れませんね。


バーデンフェルト邸にお伺いすると、外の四阿ではなく邸内の一室に通されました。ということは、後で何か話がありそうですね。

通されると、部屋に居らしていたのは主催のアレクシア様、クリスティーナ様、カロリーナ様ほか、学院へ私を招いて下さった『領地経営勉強会』の皆様が勢揃いでした。

あと、カロリーナ様の横にはリッカルト様。私が最後のようです。

制度的には領地貴族家の爵位を継ぐこともできるのですが、貴族社会はまだまだ男性社会であり、女性による爵位継承は少数派です。学院での女子生徒に対する教育内容も、かつては淑女教育一辺倒でした。女子生徒も領地経営の基礎を学ぶことができるようになったのもまだ年数浅く、実際にそれを選択する女子生徒もまだまだ少ないのが現状です。

領地経営の実践や事例共有などを行うサークルは昔から学院にありますが、そんな過去の経緯から、既存のサークルは男子生徒で占められています。

そこに領地経営を学ぶ少数の女子生徒が入るのは、様々な理由から困難でした。

そこでアレクシア様がクリスティーナ様と共に、学院一年生の時に設立したのが、女子生徒が領地経営を自主的に学ぶためのサークル、領地経営勉強会です。

アレクシア様は、王子妃教育の中で私の領の報告書を読み、私のことを知ったそうです。

私は当主になった頃から、商務省長官としてのバーデンフェルト侯爵とはご卒業合いがありましたので、侯爵様を通じてアレクシア様から私へのアプローチがありました。

領地経営勉強会のサークル活動の一環として、領地経営の実地で得たことを講義してほしいというその依頼を受けたことで、この一年のうちに三度、領地経営の実践について皆さんに講義を行わせて頂きました。

本日の茶会は、アレクシア様やクリスティーナ様の卒業祝い、そして私への講義のお礼ということです。

お招き頂いた挨拶をアレクシア様と交わし、着席してお茶会が始まります……と思ったら、リッカルト様が私に話があるようです。

「先日は子爵様に随分と失礼をしてしまい、申し訳ありませんでした」

リッカルト様が私の元へ来て、腰を深く折って謝罪します。

「あれはエドゥアルト殿下の無知と横暴が原因であって、臣下の立場では致し方なかったと思います。謝罪は受け入れます。リッカルト様の方こそ、大丈夫でしたでしょうか？」

手加減はしましたけど、何かあってカロリーナ様に後で言われても困りますし。

周りの皆様は、会話の意味に気付いていないようで、良かったです……。

「んっ……ごほっ！」

と思ったら、ただ一人アレクシア様は咽そうになっています。

咳き込みながら、呆れた様子で私に目線を向けてきます。どうして気付くのでしょう。

「あ、いや、そちらはお気遣いなく。訓練を受けていますので」

リッカルト様も意味にお気付きでしたが、さらっと流されました。背も体格も大きく、体力一辺倒にも見える外見ですが、なかなか機智に富んだ会話もできる方のようです。

使用人がリッカルト様のところに椅子を持ってきてくれましたので、手で示し着席して頂きます。

「しかし子爵があれだけ腕が立つ方とは思わなかったです。後で父にこってり絞られました」

「護身術の一環です。仕方なく披露しましたが、あまり吹聴しないようにして頂けると有難いです」

「ええ、私からは何も話していません。ただ、既に騎士団では『女に負ける奴』と私を侮ってくる同僚の見習いを何度か返り討ちにしているので、そこはご了承下さい」

リッカルト様が返り討ちにすることで、私の腕前が上だと思われるかも、ですか。それは不可抗力ですね、仕方ありません。頷いておきます。

「先ほどのご様子では、カロリーナ様とのご婚約も上手くいってそうですね」

私が入ってくる時、リッカルト様がカロリーナ様と談笑している姿がチラッと見えましたが、とても仲睦《なかむつ》まじい様子でした。

「ええ。カロリーナに捨てられたらどうしようと思っていたのですが、護衛の任を一部放棄してでも殿下に追従せずにいて良かったです」

「あ、あの、捨てるなんて、そんなこと、するわけないじゃないですか……！」

リッカルト様は縁が切られなかったことに安堵している様子で、カロリーナ様も、そんなリッカルト様の言葉に顔を赤らめています。

「でも結局、近衛騎士団への道はなくなってしまい、カロリーナには苦労をさせてしまいそうで申し訳ないです」

「リッカルト様がご無事でいられるなら、私はそれだけで大丈夫ですから」

お互いを想い合っているのが、言葉の端々から漏れ出ていて微笑ましいです。

殿下のやらかしが、この仲睦まじいお二人を引き裂くことがなかったのは幸いですね。

あの殿下やウェルナー様と違って、リッカルト様はカロリーナ様に対して誠実でいられるようですし、仲睦まじい様子のお二人に私も周りも温かい目になります。

「まあ、お二人はとっても仲良さそうで。素敵なご夫婦になりそうですわ」

「ええ本当に」

「「あっ……！」」

リッカルト様もカロリーナ様も、お茶会の場だと忘れて二人の世界に入り込んでいたことに気付き、恥ずかしそうに顔を赤らめておいでです。

「すみません、子爵様へのご挨拶で少し暇《いとま》を貰っただけで、騎士団の訓練に戻らないといけないのでした。ここで失礼致します。皆さん、今後ともカロリーナのことを宜しくお願いします」

「ええ、職務お疲れ様です。お気をつけて」

リッカルト様は早々に辞去されて行きました。

後でカロリーナ様に聞いたところ、リッカルト様は三日間だけ自宅謹慎の後、騎士団が合同で採用した学院卒の騎士見習い達に交じって訓練に励んでいるようです。

あのまま殿下の護衛として務め上げていたら、見習い期間の後は第一騎士団に所属し、エリートコースを歩むことになったでしょう。しかし、その道は閉ざされました。

「リッカルト様は腕前だけではない優秀な方なので、第三騎士団辺りに配属後、そのうち頭角を現されるのではないでしょうか」

そうカロリーナ様は仰います。

リッカルト様自身の瑕疵は少なく、カロリーナ様とのご婚約も継続されました。

元々領地のない法衣侯爵家のご出身ですので、最初から高い実力が問われますが、あの方なら頭も回りますし、研鑽《けんさん》を積めば問題ないでしょう。

今度こそお茶会のスタートです。

「学院の領地経営勉強会の打ち上げに、イルムヒルト様をお招きできて嬉しいですわ。イルムヒルト様には、お忙しい中、三度も講義をして頂き、この一年は大変お世話になりました」

アレクシア様と出席する皆様が私に礼をします。

私も礼を返し、アレクシア様が続けます。

「私とクリスティーナ様が卒業しますが、来年度もカロリーナ様を中心に活動を継続することになりますわ。イルムヒルト様には、来年度も引き続き、カロリーナ様はじめ勉強会の皆様をお引き立て頂けると有難いです」

アレクシア様とクリスティーナ様はご卒業で、あと二年生は子爵令嬢と男爵令嬢の二人、私と同学年の一年生はカロリーナ様の他、法衣伯爵令嬢と子爵令嬢の三人という、まだまだ少人数のサークルです。

爵位から来る発言力の関係から、来年度のサークル代表はカロリーナ様となったようです。

アレクシア様の開始のご挨拶が終わりました。

今度は主賓として、私は立ち上がってご挨拶を返します。

「本日は、お招き頂き有難うございました。実は侯爵様から、来年度から学院に通うことを勧められております。一度領地に帰って、皆と前向きに検討させて頂きます。当主実務もありますので入寮は難しいですが、上手く調整できれば来年度の早いうちから、学院に通うことになると思います。その際には、皆様宜しくお願い致します」

「まあ、学院にいらっしゃるの！　では来年度から、一緒のクラスになりそうですね！」

「楽しみですわ！」

ここにいる皆様に学院に通うつもりだということを伝えると、皆は温かく受け止めてくれました。

侯爵様に言われて一度宿で侍女達や従者達に話してみると、全員から喜ばれ、是非通うべきだと勧められました。

そのように家の者達に喜ばれるのも嬉しいですが、学院でお世話になったこちらの皆様にも、こんなにも歓迎されているのはやはり嬉しいもので、思わず頬が緩みます。

「学院に残る皆様が羨ましいですわ。イルムヒルト様には、もっと話をお伺いしたいものです」

クリスティーナ様はそう零しておられます。

「アレクシア様は商務省、クリスティーナ様は農務省に入省されるのですよね。折を見て、お二人に省での実務のご経験について、学院で話して頂く機会を設けて頂けませんか」

カロリーナ様のご提案は素晴らしいと思います。

「そうですね。省での実務も、国や王都から見た領地経営と言う視点を皆さんに話せるのではと思います。入省してしばらくは研修だと思いますが、上役に確認しておきますわ」

「ええ、農務省でも、国の農業政策など、領地経営に役立つ話は色々あると思います。しばらくは仕事に専念できそうですし、いい話ができればと思いますわ」

アレクシア様もクリスティーナ様も、前向きにご検討頂けそうです。

「ところで、あのパーティーの件、アレクシア様とクリスティーナ様もご婚約の解消は大丈夫なのですか？　婚約者への贈り物をせずに、質流しに競馬場で散財なんて、家に損害を与えるだけの婚約者ですもの。無事に縁が切れるといいのですけど」

多分、皆さんが聞きにくいだろうと思ったので、私からお二人に聞いてみました。

「あの方は入省を辞退されて領地に戻ったそうですし、家は兄が継ぎますから、農務省での仕事に専念できそうですわ」

クリスティーナ様は元々、第二王子殿下が爵位を頂いて臣籍降下されたら、ウェルナー様についていくため辞められることになっていたと思います。ですが、ウェルナー様が領地に戻られたということは、恐らく婚約は解消されたのでしょう。

元々、クリスティーナ様は農務省の入省試験をかなり優秀な成績で突破され、辞められるまではしっかり実務をするつもりだったようです。ずっと農務省に勤務なさるおつもりかもしれません。

「私の方は、まだはっきりしたことは決まっていないのですが、当面予定の半分が空いてしまいました。『王城での教育やあの方の尻ぬぐいで忙しかっただろうから、しばらくは半分だけの勤務でゆっくりしなさい』って父から言われていますわ」

アレクシア様は、とうに王子妃教育は修了されていたそうで、卒業後はあの殿下との結婚準備が半分、侯爵様の下で商務省勤務が半分、という予定だったそうです。

婚約に言及しなかったということは、まだ王家と侯爵家の間で交渉中なのでしょう。ただ少なくとも、ご成婚までの準備の予定はなくなったということは、ご成婚が延期か解消か……そこはまだ揉めているのかもしれません。

その後、この打ち上げ会というお茶会は、一年の振り返りをしながら、和やかに過ぎていきました。

このサークルの皆様は、社交の場に慣れていない私にも優しくして下さいます。学院に通って、彼女達と交流を深めていくのが楽しみです。

お茶会の後、予想通りバーデンフェルト侯爵家の皆様による内輪の会へと招かれました。商務省長官でもあるご当主クリストフ様、パウリーネ夫人、アレクシア様、長男マリウス様、次男ディルク様と、侯爵家勢揃いです。

侯爵様が口を開きます。

「早速だが用件に入ろう。先日の情報提供は大変助かった。この件に関して王太子殿下は少々頼りないが、状況を打開してくれたようだ。明日の閣議後、陛下から個別に呼ばれている」

ということは方向性が決まって、あとは細かい条件、主に賠償額の交渉に入るのでしょう。アレクシア様とあの殿下の婚約解消は、私もその方が望ましいと思って協力したのです。それなのに、まだちゃんと縁が切れてないのですね。あちらもさっさと諦めればいいのに。

「あの殿下のことが嫌いなのだろうが、そう嫌そうな顔をするな」

あっ、顔に出てしまいましたか。いけません、いけません。

「先日のパーティーの件だが、殿下の暴挙によって子爵が窮地に陥ってしまったこと、私も責任を感じている。パーティーの大分前には、アレクシアが叩きつけた内容までは把握していたのだから、もっと早く殿下に突きつけていれば、今日の状況にはならなかったと思っている」

侯爵様が頭を下げます。リーベル伯による子爵家の排除や乗っ取りを逃れるため、当主になってからずっと身を隠していたのが、殿下の暴挙のために表に出ざるを得なくなりました。

私は全てあの殿下の所為だと思っているのですが、侯爵様がそこまで自責の念に駆られていらっしゃるとは。

「そのやり方では、アレクシア様の婚約解消まで持っていくことは難しかったのではないですか？　それに、元々は殿下の暴挙のせいですから、そこまで侯爵様が責任を感じられる必要はないかと」

「過半はあの殿下に責があるのは確かだが、それでも、今の子爵の現状を何とかできないかと思ってね。あの日以来、家族で相談していたのだ。アレクシアは勿論、私も妻も、子爵には世話になった。ここは子爵に手を差し伸べるべきだと皆の意見が一致したので。提案を練っていたのだ」

侯爵家の皆様が、私へ一礼します。

そこまで、私のことを気にかけて下さっていたことは有難く思うので、私からも礼を返します。

「そこでだが――子爵の婚約者として、マリウスを推したい」

「えっ!?」

侯爵様の提案に、吃驚して思わず目を剥いてしまいました。胸が鳴ったのは……多分、あまりに驚いたせいでしょう。

「侯爵家の大事なご嫡男ではないのですか!?」

「最初はそのつもりだったのだが……知っての通り、アレクシアと殿下との婚約は、二人が学院に入る頃には雲行きが怪しくなってきていた。昨今は活躍の目覚ましい女性当主もいることだし、アレクシアも昔から興味の方向が領地経営に向いていた」

私の存在が、アレクシア様に女性当主への道を意識させたのだ、と侯爵様は言います。

「だから、アレクシアとマリウス、どちらが後継ぎになってもいいよう、マリウスの婚約も決めていなかったのだ。まあ、マリウスに決まった相手が居ない理由は、思うような相手がいなかったというのもあるがね」

アレクシア様とマリウス様を両天秤で考えていた、ということ？

それにマリウス様に合う高位のご令嬢の中に、侯爵様の眼鏡に適う相手がいなかったと。

「貴族社会はまだまだ男性優位だ。普通ならこういう選択はしなかっただろう。だが、アレクシアも随分やる気になってきたし、能力と本人のやる気次第ではアレクシアにも機会を与えてもいいと思ったのだ。可能性の大きかったもう一つの選択肢は……今となってはないだろう」

第二王子殿下がまともだったら、あの殿下が婿入りするかもしれなかったのですね。でもその可能性は、限りなく低くなったはずです。

「万が一、アレクシアもマリウスも駄目だったとしても、ディルクでも、領地に居る弟の息子でもいい。そう思っていた」

つまりは、可能性を広く見て、見極めをしているところだったと。そこに大きく状況も変わったので、バーデンフェルト家は……未だに継嗣《けいし》が誰になるか、明かしてこなかったのですか。

「ところが、子爵の窮状をどうするかという話し合いをしたところ、マリウスが、自分が子爵の婚約者となることを提案したのだ」

ここでマリウス様が口を開きます。

「僕は領地経営も学んではいるけど、一番興味があるのは農作物の品種改良とか土壌改良の研究なのです。姉上は子爵に発破を掛けられてから随分図太くなってきたし、領地経営にやる気があるみたいだから、ここは姉上に家を託して、僕が婿入りしてもいいかなと思えたのです」

図太く、というところでアレクシア様が軽くマリウス様を睨んでおられました。

そういう言い方は、姉君に後で怒られますよ？

「同じ学年になりますし、学院で僕を令息除けに使って頂きながら、私のことを見極めて頂こうと思いました。その後正式に選んで頂けたら有難いです」

いくつか気になる言葉がありますが、聞こうと思ったら侯爵が話を続けます。

「要は、侯爵家が子爵の善意の後ろ盾として立つので、学院に居る間マリウスを婚約者として使ってくれていいということだ。本人からの提案で、皆で検討した結果……それがいいだろう、ということで纏まった」

マリウス様がご自分で提案して、皆が了承した？

マリウス様は、それでいいのでしょうか。

「子爵がこの話を受けて頂けるなら、勿論婚約者として発表する。ただし、婚約の間に子爵の配として、マリウスが相応しいかどうか見極めて頂いて、子爵の目に適う相手でなければ学院卒業時に解消してもいいし、その間他の有象無象を退けるために利用してもよい。子爵の経営する商会の方に、不必要に関与するつもりもない」

聞いている限り、私の方にメリットしかないように思えます。

「今私が言ったことは婚約締結の書面にて明記する。これを」

侯爵が書面を差し出してきます。

書面を確認すると、子爵家に不都合が発生した場合はいつでも無条件で私が破棄できること、学院の卒業時に改めて継続するかどうか確認すること、子爵家や商会に対して侯爵家から不適切な関与があった場合に侯爵家に対して損害賠償を課すことなど、子爵家に対して一切の不利益な条項がありません。

対価として求められているのも、精々が私の使う調査の手を時々貸してほしいこと、調査の人間の育て方を教えてほしいことくらいです。それも私が無理だと思えば断っていいし、受けた場合も相応の報酬を金銭で支払いする、とあります。

あと、殿下に関する情報の侯爵への引渡し。これも対価を払うとあります。

「これは私の方に破格に有利な内容になっていますが、侯爵家としてはこれで問題ないのですか？」

「善意の後ろ盾と言っただろう、これぐらいは当然だ。それにその対価も、子爵にとっては申し訳程度と思うかもしれないが、私達にとっては必要性があるし、一方的に侯爵家が遜ったとは周りには言わせないようにもできる。それに何より、私達は皆、子爵のことは気に入っているのだ。子爵が八歳の時に会って以来、私も君を娘みたいなものだと思っている。これで本当に家族になってくれたら嬉しい」

家族、ですか……。

アレクシア様が笑って話します。

「私も子爵にこの一年お世話になりっぱなしでしたし、私からも何か直接恩返しがしたいです。ですからこの契約とは別に、母と私から、折を見て子爵の令嬢教育のお手伝いをさせてもらってもいいでしょうか。私が受けた全部を子爵が受ける必要はないと思いますし、何が必要かは、都度話し合いましょう」

「ええ、そうね。以前と比べて、子爵も大分オブラートに包んだ会話が上達されていますし、必要なことは追々話し合いましょう。それに、また子爵をお招きして私達とゆっくり過ごして頂きたいわね」

パウリーネ夫人も笑みを浮かべています。パウリーネ様は、明るいブラウンの髪にエメラルドグリーンの瞳の、落ち着いた女性です。包み込むような温かさを感じるこのお方は……在りし日の、私に優しかった母のことを思い起こさせます。私も大人になれば、こんな女性になれるだろうか……私は密かにそんな憧れを抱いています。

「マリウス様は、侯爵家の御継嗣の立場ではなくなりますが、構わないのですか？」

ご自身の提案だと言いますが、そこまで家のために自らを犠牲にしなくても、と思います。

ですがここでマリウス様が立ち上がり、私のところに来て片膝をつきます。

「以前姉上がお招きして、お話させて頂いた時から……子爵の物の考え方や意志の強さ、姉上への気遣いなど……僕は子爵のお人柄を、とても好ましく思っています。どうか、私の手を取って頂けないでしょうか」

そう言いながら、私に手を差し出してきます。

本当に、マリウス様がご納得の上でのご提案ということ⁉

マリウス様のこれって、まるで……プロポーズ、みたいではないですか⁉

そう思った私の顔に熱が集まり、胸の鼓動が煩く響きます。彼の差し出す手に、思わず私の手が伸びそうになったところで、パウリーネ様が声を掛けてこられました。

「まあまあ。プロポーズとは気が早いですよ、マリウス。子爵はこれから、領地の方々とのご検討が必要ですからね」

そ、そうだった！

……何故か、思わず手を伸ばしそうになっていました。雰囲気に呑まれたのでしょうか。

私の鼓動は、まだ煩く響いています。

「……そうでしたね。子爵からいい返事を頂けることをお待ちしています」

そう言ってマリウス様は立ち上がり、元の場所へ戻っていきました。

……ふう。ちょっと鼓動が収まってきました。

しかし、僅かに残念な気持ちが残るのは、何故なのでしょう。

それに何故か、マリウス様以外の皆様の視線が、何と言うか……生温かいのですが。

気持ちが少し落ち着いてきたので、お礼を申し上げます。

「皆様、申し出有難うございます。情報の引き渡しについては、部下を王都に残しますので、早急に詰めさせて下さい。他は一度領地に帰って検討致しますが、皆さんの温かい申し出は是非、前向きに考えさせてもらいたいと思います」

「うむ、それがいいと思う。窮状を考えると早い方がいいだろうと思うが、返答を急かすつもりはない。いい返事が来ることを期待している」

侯爵様が答えて下さいます。そうですね、これは早く決めた方が良さそうです。

「明後日の朝に王都を発って領地に帰りますが、やることも増えてしまいましたので、また近いうちに王都に戻ってきます。その時にでも返事を出させて頂きたく思います。本日はお招き頂き有難うございました」

そう言って退出をしたのですが、帰り際の「また馬に乗っての往復なのですね」とのアレクシア様の呟きにちょっと笑ってしまいました。

お招き頂いた時点で、侯爵様が後ろ盾の申し出をされることは想定がありました。侯爵様か、貴族省長官でもあるミュンゼル法衣侯爵様のいずれかに後ろ盾をお願いせねば、と思っていたので、渡りに船でした。

流石にここまでの内容とは思いませんでしたが。

バーデンフェルト侯爵家とは一番深い付き合いでしたので、彼らからのこの破格の申し出は、私には非常に有難いです。

明日の面会が終わったら早速領地に帰って、皆と相談して細かいところを詰めましょう。

◇　◇　◇

明くる日、起きて食事を摂ってから、外出の用意をします。

事前に手紙で申し出を受けていた分の面会を午後に予定していて、宿に戻ってこなければなりませんが、午前中に、子爵家タウンハウスの引き渡しがあります。

リーベル伯爵による子爵領主館の占拠以降、リーベル伯爵の後ろ盾の元、父エーベルトが王都滞在のため購入し、実質は伯爵が使用していました。それまで子爵家には王都にタウンハウスが持てるほどの余裕はなかったのです。

しかしリーベル伯爵捕縛により、証拠品などの捜査のために第三騎士団が一時的に邸を接収しました。勤めていた使用人全員を拘束し尋問する他、伯爵が私達の子爵家の乗っ取りを企てたり、搾取したりしていた証拠を騎士団が捜索をしていたのです。

この度捜査が一段落し、第三騎士団から私へのタウンハウスの引き渡しが行われます。タウンハウスの前にて書面と鍵を私に引き渡し、騎士団が引き上げて完了となります。

馬車でタウンハウスに行くと、第三騎士団は既に来ていて、引き渡し準備が既にできているようでした。

「子爵殿、タウンハウス内の捜索と使用人の聞き取りが全て完了しました。こちらが建物の見取り図と、証拠品を除いた備品の目録、下級使用人の一覧となります。上級使用人は伯爵との関係が深いため、引き続き騎士団で拘束中です」

「ええ、有難うございます。しかし何故、わざわざ、第三騎士団長様がここに？」

普通はこの程度の話であれば、担当者レベルで済むと思うのですが。

「少々子爵にお話がありまして。貴女のお父君エーベルト殿のことです。できれば、お人払いを」

父のことで？

「であれば、先に済ませたいことがありますので、そちらの後でいいでしょうか。その一覧にある使用人というのは、後ろの方々ですか」

「はい」

騎士団長の後に執事や侍女、メイドなどが十人ほど並んでいます。一覧を見る限り、皆さん若年の、見習いなど位の低い方々ばかりです。

後ろの若い見習い達に声を掛けます。

「貴方達は伯爵家の使用人の方でしょうか。それともエーベルトが独自に雇った者達でしょうか」

これは訊いておかないといけないことなので、質問します。歳の若い執事見習いが代表して回答します。

「契約上はエーベルト様がご主人様でしたが、実際にこの邸をお使いになられていたのは伯爵様です。私達は、伯爵様から派遣された上級使用人の下で雇われ、教育を受けておりました。全員が王都の出身の者でございます」

伯爵はエーベルトに邸を買わせ、人を雇わせ、実際は自分の使用人に教育させて自分の邸の使用人として使っていた、ということですね。

恐らく、位が低く使われていただけの彼らに罪はないということで、第三騎士団長様も解放したのでしょうが……。

「実質リーベル伯爵に仕えていたことになりますから、高位貴族家の使用人としての教育は受けた、と思っていいでしょう。皆様の今後に差し障りがありますから、皆様のことは子爵家でお雇いするわけにには参りません」

「やはり、そうなりますか……。では私が紹介状を書いた方がいいですかね」

私の返答に第三騎士団長がぼやき、使用人達は明らかにほっとした表情を見せます。

伯爵家以上の家の教育を受けた使用人には、それに相応しい給与を払う必要があります。使用人を雇うにもルールがあるのです。子爵家の私が伯爵家相当の使用人を雇うと、彼らの経歴に影響しますので、彼らを引き続き子爵家で雇うわけにはいきません。

——ただ正直に言うと、これは建前です。今のこのタウンハウスは、ここで実務を行うのに適した造りにはなっていないため、内部を造り替えるつもりです。造り替えの内容が外に漏れるのを防ぐため、子爵家の事情を知らない人を入れたくないのです。

「ええ、申し訳ありませんが、宜しくお願いします」

第三騎士団長様に使用人達のことをお願いします。

そこから、騎士団の馬車を一台使って、騎士団長様と二人で中に入って話します。

「早速本題に行きましょう。エーベルトなのですが、一部の供述を頑なに拒んでおりまして。その供述をする条件として、子爵との面会を希望しているのです」

父との面会？

「そうですか。その一部の供述とは？」

「それが……子爵のご母堂様、先代子爵様の結婚式関連の話です。例えば領主館の占拠ですとか、王都での話など、他の供述について彼はむしろ協力的です。しかしこの結婚式関連の話だけは、子爵と先に話さない限り話す気はない、と頑なでしてね」

その話ですか……。それは、エーベルトとの面会は避けて通れないでしょう。

「生憎、明日から領地へ戻る必要があります。王都に戻ってくるのは一週間から十日後くらいになりそうですが、その後でも構わないでしょうか」

「ええ、それは構わないです。軍務省側による、リーベル伯の分家や係累一同の捕縛が終わっておりまして、その取り調べもあります。子爵がお帰りになるまでの間、手が空いてしまうわけではありません。王都にお戻りになられましたら、ご連絡を第三騎士団まで寄越して頂けますか」

「ええ、それは勿論です。宜しくお願い致します」

これからしばらく予定が一杯なので、戻ってからの方が有難いです。

「しかし領地に戻ると聞いて、一か月後を覚悟したのですが、十日としてもえらく速いですな。まるで我々や軍の野営行軍のようだと思いましたよ」

「ふふふ……」

当たらずとも遠からずですが、言う必要もないので笑って誤魔化しました。

タウンハウスの引き渡しは、これ以外は恙《つつが》なく完了し、一旦宿に戻ります。

◇　◇　◇

宿に戻り、昼からは面会です。貴族用の宿は宿泊するプライベートエリアの他に、外の人と会うための共用スペースを備えています。

本日いらっしゃるのは、メラニー様とヨーゼフ様。それから、ヨーゼフ様のお父様エッゲリンク伯爵。

メラニー様とヨーゼフ様のご用件は何となく想像がつきます。私もメラニー様と一度話をする必要があったので彼らの面会依頼を承諾しました。

しかし、そこに伯爵が割って入ってきたのです。

三人が到着次第、宿の従業員に会議室へ案内して頂きます。

やがて三人が到着し、案内されて入ってきましたが、メラニー様とヨーゼフ様は私に対して申し訳なさそうに礼をします。一方エッゲリンク伯爵は偉そうにしています。伯爵の面談の内容も想像ができるだけに、目の前でふんぞり返る姿にあまりいい気分はしません。

伯爵を無視し、先にメラニー様とヨーゼフ様の用件を済ませましょう。

「初めまして、メラニー様。イルムヒルト・リッペンクロックです。先日はお話しする機会がありませんでしたが、本日はようこそお越し下さいました」

私の方が立場が上ですので、こちらからご挨拶します。

「お初にお目に掛かります、メラニー・ファンベルクと申します。子爵様におかれましては、私如きにご丁寧に有難うございます」

メラニー様は、高位貴族家ほどではなくても整ったカーテシーで挨拶を返されます。これだけでも、勉学を真面目に取り組んでこられたであろうメラニー様のお人柄が見受けられます。

それにしても、ファンベルクとは？

私の一瞬の戸惑いを察したメラニー様が続けます。

「ファンベルクというのは、伯父リーベル伯爵の従爵位の家系、母アレイダの家名となります。学院にはリッペンクロックの家名で母が登録しましたが、本来リッペンクロック子爵家とは無関係の身ですので、今は母の家名を名乗っております」

メラニー様は、申し訳なさそうな表情で、伏し目がちに話します。

ヨーゼフ様はその傍で、メラニー様を気遣うように見守っています。

「その辺りの事情は存じ上げませんが、お聞きしても宜しいでしょうか？」

私はメラニー様に尋ねました。そもそも父エーベルトが、アレイダ様とメラニー様を連れて子爵領の領主館に来た経緯もわかりません。

「はい、勿論です。父エーベルトは伯父の命で、ファンベルク家を継ぐために婿として入り、伯爵領の代官として伯父に仕えていたのです。ですが、私が生まれてからしばらくして、伯父は父を母と強引に離縁させ、子爵様のご母堂様と結婚させたのです」

そんな事情だったのですか。リーベル伯爵はかなり強権を振るったようです。

「しかし結婚式の後、何故か父が母の元に戻ってきました。ただ代官職とはいえ、衰退していたファンベルク家の暮らし振りは平民と殆ど変わりません。贅沢をすることなく慎ましく暮らしておりました」

ファンベルク家が有力な家臣だとしたら、リーベル伯もそのような強権も振るえなかったことでしょう。予想通りファンベルク家自体、かなり衰退した家だったのですね。

「エーベルト様がその結婚について、話されていたことはありますか？」

「いえ、何も……。父の籍はリッペンクロック家のままでしたが、それについて私が尋ねたことがあるのです。ですが、父はそれに対して何も話しませんでした。ですので、父と子爵家との間に何があったかは、わかりません」

そうですか……。母の事情は知っていますが、父から見た事情はやはり、父と面会し、直接聞くしかなさそうです。

「メラニー様達が、子爵領へ行った経緯を教えて頂けますか？」

「はい。私が十歳の時です……。突然伯父、リーベル伯爵が父を訪ねて来て、強引に父を連れ去っていきました。その際、母と私には、伯父からの説明は一切ありませんでした」

伯爵が子爵領の領主館を占拠して、実効支配できずに父を当主代理に据えた時でしょう。

「それからしばらくして伯父が再び私達のところにやって来て、『父に別の職を与えたから、私達も一緒に暮らすように』と言われました。その際に伯父から聞いた事情では、父の結婚相手である、伯父の傘下の子爵家の者達が行方不明になり、家とその領地を管理する者が居なくなったために父を代理に立てた、とのことでした」

いつの間に傘下扱いに……！

そう伯爵に怒りを覚えた私の心情を察したのか、メラニー様が頭を下げます。

「私達は平民同然の暮らしをしていて、マナー以外の教育は殆ど受けられなかったので、伯父の話した事情に嘘が混じっていたことを見抜けませんでした。リッペンクロック子爵家が独立した貴族家であることを知ったのは……恥ずかしながら、学院に入ってからでした」

私は首を振ります。

「腹立たしいのは伯爵であって、貴女に腹を立てたわけではありません。メラニー様のご事情は理解できます。どうか、話を続けて下さいませ」

続きを促すと、メラニー様は頭を上げました。

「有難うございます。……子爵領の領主館に連れて来られて、伯父から『お前達は貴族として暮らすことになる』と言われたのですが、平民同然の暮らしに慣れていた私や父は、困惑するだけでした。しかし母は……違ったようです。伯爵の実弟が入り婿に来たので、貴族の豊かな暮らしを夢見たのでしょう。しかし生活は今までと変わらず、内心かなり不満が溜まっていたようです。伯父の言葉に大喜びし、領主館に入った途端に贅沢な暮らしを始めました」

メラニー様は、苦しそうな表情で続けます。

「父は母を止めてはいたのですが、伯父によく暴力を振るわれているところを見ていた母も、父に暴力を振るい始めてしまい……。私も母を止めようとしていたのですが、母は私にも暴力を振るい始め……暴君と化した母はあれやこれやと宝石を買ったり、ドレスを買ったりして……」

アレイダ様は、彼女が思う貴族としての暮らし……贅沢をしたくて、領政補佐のところに度々お金を無心しに行っていたわけですか。

メラニー様は、自身やエーベルトを暴力で黙らせ、贅沢を繰り返すそんなアレイダ様のことを、心苦しく思って……アレイダ様を止められなかったこと、そして伯爵に無関係の子爵家に負担を掛けてしまったことに、責任を感じていらっしゃるのでしょう。

「私が十五歳になると、貴族の子女は学院に行くのだからと、母は私を学院に入学させました。厄介払いの意味もあったのでしょう。母が私を送り出した時に掛けられたのは『贅沢を止めようとする貴女が鬱陶《うっとう》しかった』という言葉でした。母の暴力から逃れられる安堵はありましたが……代わりに父が、母の暴力を一身に受けることになる事実に、心苦しい思いでした」

アレイダ様は、本当に……ご自身のことしか考えていない方だったのですね。メラニー様には申し訳ありませんが、アレイダ様への酌量《しゃくりょう》は、考慮せずとも良さそうです。

「入学後伯父は、父と、こちらのヨーゼフ様のお父君エッゲリンク伯の同席の下、私とヨーゼフ様との婚約を結ばせました。学院の在学中は婚約者としてヨーゼフ様とご卒業合いさせて頂きました。それからの事情は……子爵様もご存じかと思います」

メラニー様は、姿勢を正し、改めて私に頭を下げます。

「父や母に、私も連座するものと思っておりましたが、そこは子爵様からもご温情を頂いていると、第三騎士団長様からもお伺いしております。ですが、伯父や父、母が子爵家の皆様にご負担やご迷惑をおかけしたこと、申し訳なく思っております。私の学院通いも元は子爵家の出資ですし、せめて私の学院卒業資格の返上と、今までの学費、家族の年間の生活費などなど、できる限り弁済をさせて頂くことでお許し頂きたく、こうしてお伺いした次第でございます」

メラニー様は頭を下げたまま、私に弁済を申し立てます。

……この方も伯爵に人生を振り回された被害者ですね。

学院生活は母親から離れて楽しまれた様子ではありますが、基本的には真面目に勉学に励んでおられたようです。私には、彼女に大きな瑕疵があるとは思いません。

「頭をお上げになって下さい。メラニー様。許すも何も、私は貴女に何ら瑕疵があるとも思いませんし、何ら蟠《わだかま》りも持っておりません。メラニー様がお生まれになった事情、領主館に入った事情についても、それをもって私が貴女を責めることなど、何もありません」

メラニー様は、それでも、頭を下げたままです。

「アレイダ様の浪費については、思うことはあります……ですがメラニー様は、それを止めて下さっていたとのこと。親の横暴を子供が止めることは難しいと思います。メラニー様がそれに対して、責任を感じられる必要はございません」

メラニー様が顔を上げ、驚きの表情をしています。

「てっきり子爵様は、私に恨み言をぶつけられると……」

「いえ、むしろ私の方こそ、学院での件を放置していまして、メラニー様に申し訳なく思っていたのです」

危害がないだろうと放っておいたことは、捜査上必要だったとはいえ責任を感じています。

「あれは……不思議と途中から、怖いとは思わなくなりまして。学院の外で襲われることがないとわかると、気晴らしと言い訳してヨーゼフ様とよく出かけてしまったのは、私としてもヨーゼフ様に迷惑をかけてしまったと……」

メラニー様は話しながら、申し訳なさそうに目を伏せながら、ちらりとヨーゼフ様に目線を向けます。

「いや、あれは浮かれていた私が悪いんだよ」

ヨーゼフ様は、そんなメラニー様の手を取り、気にするなと言うように首を振ります。

殺気のない相手ですから、無意識に危険がないと気付いたのでしょう。

王都でデートを重ねるお二人の噂はよく耳にしました。仲睦まじい様子の二人を、市民の皆さんは温かく見守っていた、と市井で聞きました。

殿下の側近としては、殿下を放っておいてデートに勤しむのもどうかと思いますけども、ね。

「ふふふ。お二人は、随分と仲を深めていらっしゃるのですね。見ていて微笑ましいですわ」

自分達だけの世界に入りかけたお二人は、顔を赤らめます。

「子爵様の前で、申し訳ありません」

謝ろうと、慌ててメラニー様は頭を下げます。

「いいのですよ。ともかく、メラニー様には私は何ら蟠りがないことを知って頂きたくて」

そんなメラニー様を止め、穏やかな口調で私は話を続けます。

「貴女は伯爵とアレイダ様に振り回された被害者だと思っております。そのような方に鞭打つような真似は、致しませんわ」

メラニー様は驚いているのか、目を見開いて私を見ます。

「お父様もむしろ被害者寄りですが……それでもメラニー様のお父様もお母様も、罪に問われることになります。特にアレイダ様は――酌量は、認められないでしょう」

「それは、私も理解しております」

メラニー様は頷きます。

「メラニー様は、親御さんの援助なしで、これから独り立ちしなければなりません。学院の卒業資格はその際に役立つことでしょう。どうか返上なさらず、そのままお持ち下さいませ。学費や生活費も、一切弁済なさらずとも結構です。むしろ、学院で学んだことを活かしての、これからのご活躍を期待していますわ」

「えっ……」

驚くメラニー様に、私はゆっくり頷きます。

「これで、メラニー様の過去の清算は御終《おしま》いにしましょう。メラニー様は、これから前を向いて頑張って下さいね」

「あ、あ、……有難う、ございます……！」

メラニー様は涙を流し、頭を下げてきます。

お隣のヨーゼフ様が、メラニー様にそっとハンカチを差し出して……。

本当にお二人の様子は、見ていて微笑ましいですね。


しばらく待って、メラニー様が落ち着いたところで、ヨーゼフ様の用件に移りましょう。

「それで、ヨーゼフ様のご用件は何でしょう」

「まず、メラニーへのご温情に感謝します。彼女は子爵家のことでずっと苦しんでいました。これで彼女も前を向けると思います。私からもお礼を言わせて下さい。有難うございます」

ヨーゼフ様が頭を下げ、私も返礼をします。

「それで私の話なのですが……先日のパーティーで殿下を止めることができず、申し訳ありませんでした」

ヨーゼフ様は先ほどより深く、腰から頭を下げます。

「メラニーへの襲撃のことは、殿下も真面に調べていたのは最初だけで、あとは私に任せて放っておられたのです。襲撃の件も、毎回報告書は上げていたのですが……手がかりもなく、私も諦めていたのです。学院外で襲われることがなかったので、メラニーを連れ出して落ち着かせるだけで一杯でした。浮かれて羽目を少々外してしまったのも事実ですが……」

「私も調査した上で、被害はないだろうと放置していました。それについては、心配をおかけしたことは、心苦しく思っています」

私もお二人に頭を下げます。

「い、いえいえ。子爵様が頭を下げる必要はございません！」

ヨーゼフ様が慌てて言います。

私が頭を上げると、ヨーゼフ様は続きを話してくれました。

「……卒業パーティーの直前に、犯人がわかったと殿下が急に言い出したので、パーティー後に詳しい話を聞かせて下さい、とは言っていたのです。それがまさか、パーティーの最中に子爵様を糾弾し始めるとは、思いもしませんでした。私は殿下とも疎遠《そえん》になりつつありましたので、ウェルナー様と二人だけで計画したようです」

「……殿下と、疎遠に？」

気になったので、ヨーゼフ様に尋ねます。

「はい。殿下は学院に入った頃から、手柄を立てられそうな、目立つことだけに熱心で。それ以外のことは消極的で、思い通りにならない時の横暴さも目に付くようになりました。ご婚約者様や私がお諫めしていたのですが、私達の話を聞かず、むしろ段々、ご婚約者様を遠ざけるようになり……私も、殿下の相手に疲れ果てて、真面《まとも》に相手せずにいました」

ヨーゼフ様も殿下を見限り始めていた、ということですか。

とことん人望がなかったようですね、あの人。

「ともかく、あの件で子爵にご迷惑をかけてしまったことをお詫びします。貴族名鑑を調べてなかったのは私も同じですし、殿下をお止めできなかった私が、今更申し開きもあったものではありません。公的な処分は殿下の側近の解任だけでしたが、損害賠償を請求なさるのでしたら、働いてお返ししたいと思います。これから私はメラニーと二人、頑張っていこうと思っています」

「ちょ、ちょっと待て！」

ここでエッゲリンク伯爵が声を上げます。

しかし私は伯爵を敢えて無視し、ヨーゼフ様を見て話します。

「ヨーゼフ様。あの場で殿下をお止めできなかったことについて思うことがないわけではないですが、謝罪は受け入れます。あれは殿下の暴走ですから、あの件についてヨーゼフ様を責めるつもりはありません。損害賠償も不要です。……ヨーゼフ様の身の振り方については、先ほどから伯爵が何か言いたそうにしていますが、よくよくお話しになった方が宜しいのでは？」

私の指摘に、ヨーゼフ様は困った顔をします。

「仰る通りなのですが、いくら話しても父とは平行線です。聞く耳を持っていません。それがこの場に父が割り込むことになった原因なのですが……止められず申し訳ありません」

ヨーゼフ様が頭を下げてきます。

お父様は伯爵家当主でいらっしゃいますし、仕方のないところでしょう。

お気になさらず、とヨーゼフ様に声を掛け、エッゲリンク伯爵の方に向き直ります。

「それで、元々お二人と私の面会だけだったところに、急に割り込みされておりますが、一体どのようなご用件でしょうか？」

この方には容赦する必要性を感じませんから、自然と声も低くなります。

「決まっておろう、私はそこのヨーゼフとお主の婚約を結びに来たのだ」

彼の要望は予想をしていましたが、こうして聞いてみると意味がわかりません。

「私には、そこのお二人の仲を裂くような無粋な真似は致しかねます」

そんな話を受けるつもりはないと答えると、余計に伯爵の顔に怒りが浮かびます。

「息子の婚約は当主の差配事項だ、私がそうすると言ったらそうなるのだ」

確かに聞く耳持ちませんね、この伯爵。

違う方向から攻めますか。

ヨーゼフ様に頭を下げてから声を掛けます。

「ヨーゼフ様、これから少々お耳に痛いことを言うかもしれませんが、ご了承下さい」

「ご丁寧に有難うございます。私のことは構いませんので、ご存分にお願いします」

ヨーゼフ様も覚悟を決めた表情をして、頭を下げます。

では遠慮なくやらせてもらいましょう。再び伯爵に向き直ります。

「エッゲリンク伯が何を夢見ておられるかわかりませんが、はっきり申し上げます。ヨーゼフ様は私の配としては不適格です。仮に私と婚約を結んだところでヨーゼフ様に私を守ることなどできず、すぐに伯爵家との婚約など消し飛んでしまいますよ」

私はエッゲリンク伯を睨み、キッパリと言い放ちます。

「何だと、どういうことだ！　婚約発表すれば、今沸いている有象無象の話などなくなってしまうだろう！」

エッゲリンク伯は眦を上げ、私に怒鳴り散らします。

しかし、どちらが有象無象なのか、彼はまるでわかってないようです。

昔と今で、子爵家の事情が全く異なるのを理解していないのでしょうか。

「私のところには既にいくつもの有力侯爵家から縁談の話が舞い込んでいます。仮にヨーゼフ様と婚約を結んだとして、第二王子殿下の側近として失格の烙印を押されたヨーゼフ様では、これらの話を跳ね返してリッペンクロック子爵家を守ることなど無理だと言っているのです」

しかし、エッゲリンク伯は聞き入れません。

「出鱈目《でたらめ》を言うな！　子爵如きに、どんな家が申し込んで来ているというのだ！」

以前は農務省長官として働いた経歴のある伯爵ですが、すぐに能力不足を指摘され解任されたと聞きます。こうも勘の働かない方では致し方ないでしょう。

「有力な家から挙げますと、ラックバーン辺境侯爵家、コルルッツ侯爵家、リッテルシュタット侯爵家、他にも数家の侯爵家から申し込みが来ています。エッゲリンク伯は、これらの家からの圧力を跳ね返すことができますか？」

「な、何だと、そんな家から……！」

予想しなかった高位の有力家の名前を列挙され、伯爵は唖然としています。

これらは国境警備の任にあったり、重要な貿易拠点を持っていたりと、有力な家ばかりです。

たかが伯爵家でどうにかなる相手ではありません。だから私は窮地にあったというのに。

バーデンフェルト侯爵家からの申し込みについては、言わなくてもいいでしょう。

手の内を晒す必要はありません。

ヨーゼフ様も、殿下の一件がそんな影響を与えていると思っていなかったのか、蒼白です。

「これらの家からの攻勢に対抗できる格も能力も、伯爵やヨーゼフ様にはありません。仮に婚約を結んだとして、これらの家に捻じ込まれたら消し飛んでしまうのは自明の理です」

そう伯爵に説明すると、彼は押し黙りました。

でも、まだ伯爵には言いたいことがあります。

「そもそもリーベル伯爵は、私の家の乗っ取りを既成事実化しようとしてお二人の婚約話を持ち込んでいるのです。それを受けておいて、乗っ取りが駄目になったから私に鞍替え、という節操のなさも気に入りません。今更エッゲリンク伯と婚約を結んだところで、私達子爵家にどんなメリットがあるのでしょう」

私の指摘に、エッゲリンク伯爵は悔しそうな表情を見せます。

メラニー様も顔を白くさせ……ヨーゼフ様が気遣って彼女の手を握るのが見えます。

「こ、小娘の子爵如きが、伯爵の私になんて生意気な！」

伯爵は悔しさを誤魔化すように私を怒鳴ります。

しかし、下らない話を持ち込んだ伯爵には、私はいくらでも生意気になりますよ。

彼が相手なら、今の私に打てる手はいくらでもあります。

「では、その生意気な子爵が拒否した場合、伯爵はどのような措置を取られますか？」

「！」

今のリッペンクロック子爵家が、爵位が上だからといって唯々諾々《いいだくだく》と伯爵に従うとでもお思いでしたか？

「確かに先代の時は力のない子爵家でした。リーベル伯やエッゲリンク伯には相当苦労させられました……私共を狙い撃ちにして通行料を取るなどされましたしね。ですが今や、私達はエッゲリンク伯爵領を通った商売に頼る必要がありません。ですから、貴方にどんな措置を取られたところで、私共は何も困りません」

「……」

睨みつけてきますが、返答はありません。

恐らく、私が苦労して伸ばしてきた子爵家の力を取り込みたい、という夢物語を見ていて、諦めきれないのでしょう。

あまりこういう手は使いたくなかったのですが、仕方ないですか。

「これでも手を引かないと仰るのでしたら、仕方ありません。エッゲリンク伯爵から通行料を課された履歴を商務省に提出して、不当な過料かどうか調査頂きましょうか。ちょうど、リーベル伯の件で大々的な調査が行われているタイミングですから、快く話を聞いて頂けると思いますよ」

「そ、それは……」

伯爵の顔が一気に蒼褪めます。

「記録はちゃんと取っていますし、当時の伯爵からの通達文も保管しています。そういうわけで明確な証拠はありますし、リーベル伯爵と共謀していた疑いがあるとでも言えば、商務省どころか軍務省も喜んで動いてくれるかもしれませんね。それだけの関係は築いてきましたのでね」

そこまで話すと、エッゲリンク伯の顔色がみるみる悪くなり、汗が噴き出てきます。

「……わ、わかった、婚約の話は取り下げる。だからそれは勘弁願いたい！」

彼は農務省長官を解任され、ヨーゼフ様も殿下の側近を解任され、エッゲリンク伯爵家の勢いは落ち続けています。

ここで更に弱みを晒されると不味いと思ったのでしょう。慌てて伯爵が取り下げてきます。

恐らく彼は、私を十五、六の小娘と侮っていた。しかし私は、母が、子爵家が、リーベル伯だけでなく、彼にも随分と苦しめられてきましたことを覚えています。

子爵家の力をつけた今、私はエッゲリンク伯には容赦しません。

「……まあいいでしょう。提出はしないでおきます。しかしまた余計なことをするようでしたら、今度は事前にお伺いを立てませんよ」

あまり追い込み過ぎて、ヨーゼフ様やメラニー様へ悪影響を及ぼしてもいけません。

エッゲリンク伯への追及は、一旦ここまでにしておきましょう。

ですがあと一つ、言っておくべきことがあります。

「それからご忠告しておきますが、ヨーゼフ様をまた別の家に婿入りさせようとされるのはお勧めしません。ヨーゼフ様を受け入れる家はまずないでしょう」

「なにっ！」

伯爵が驚愕しています。

「同じ側近でも、一定以上の実力があり、護衛の任を全うしていたリッカルト法衣侯爵令息とは事情が違います。殿下を止められなかったヨーゼフ様は能力が低いと見做《みな》されています。今回の殿下の所業はそれほど大きい物だったのです。それに、メラニー様との仲睦まじさが王都中に知られていますから、それもまた、ご提案の妨げになることでしょう」

話ながらちらりとヨーゼフ様を見ると、覚悟があったのか、頷いています。

私は伯爵を見据え、話を続けます。

「何より、そうなってしまうまで何も手を打たなかった伯爵自身も、管理能力がないと認識されています」

「何だと！」

エッゲリンク伯が私を睨みますが、私が何かしたわけでもありません。自業自得です。

「伯爵自身と繋がる価値も見出せなければ、どの家もヨーゼフ様を婿に迎えるだけの価値はないと判断するでしょう。私を睨んで文句を言ったところで、どうなる物でもありません」

「そんな馬鹿な！　伯爵家だぞ！」

彼は怒りで声を張り上げますが……貴族家同士の繋がりは、爵位に拘らず双方がお互いに価値を得るものでなければ続かないものです。

エッゲリンク伯は、ただでさえ落ち目と見做されていますから、猶更厳しいでしょう。

「これからヨーゼフ様は、どこかの省庁の入省試験を実力で突破して、自らの能力を証明していくくらいしか、独立した貴族として身を立てる道は残っていません。それとて茨の道でしょう。今後どうするか、ヨーゼフ様とよく話し合われることをお勧めします」

「……そ、そんな馬鹿な……」

エッゲリンク伯は茫然としています。

「子爵様、ご忠告痛み入ります。私は同じ認識だったので何度も父に言ったのですが、理解頂けませんでした。ですが今度こそ父は理解したと思います。これから、よくよく話し合って今後のことを考えます。本日はご迷惑をおかけしました」

ヨーゼフ様が私に頭を下げました。

そして彼はメラニー様と共に私に礼を述べた後、茫然としたままの伯爵を引き摺るように連れて去っていきました。

ヨーゼフ様はご覚悟があるようですし、頑張って身を立てて頂きたいところですね。

メラニー様も慎ましく真面目なお人柄で、非常に好感が持てました。

色々障害がありますが……お二人手を取り合って頑張って頂きたいですね。

そんな未来が来るよう、お祈り申し上げます。

これで、ようやく本日の用事は終わりました。


後は、ロッティと侍女達に王都に残るよう指示し、侍女達には引き渡されたタウンハウスの整理と清掃を、そしてロッティには殿下の情報の引き渡しについて侯爵家と詰めるよう指示しました。この件は女性を残さないといけませんしね。

以上を指示し、翌朝、ハンベルトや数名の護衛と共に王都を発って領地に向かいました。

第四章　領地の皆の暖かさに触れました

王都から側近や護衛達と騎乗で進み、途中二回の野営を挟んで三日目の夕刻に、リッペンクロック子爵領都クロムブルクへと帰ってきました。

エーベルトの使っていた領主館は、リーベル伯による乗っ取りや搾取に関する証拠探しと、その関係者の事情聴取のため軍務省にて接収中だと聞いています。今回は、潜伏中に使っていた、郊外の隠れ家に泊まります。

隠れ家に着くと、私のもう一人の腹心、オリヴァーが出迎えてくれました。

「こちらは変わりない？」

「ええ、いつもと変わりありません」

オリヴァーは、領地経営に関する私の右腕、行政所のトップである領政補佐オイゲンの嫡男です。本来は文官なのですが、ロッティと共に、あの事件で療養していた私の下に派遣されました。

それ以来、ロッティと共に私の腹心として動いて頂いています。

オリヴァーは私が王都に行っている間、こちら側に残って隠れ家の維持管理と、行政所の手伝いをしてもらっていました。

この隠れ家には私の執務室兼寝室以外に、六人分の部屋を作っています。今回は五人の護衛とハンベルトの六人を連れて来たので、部屋が足りません。ちなみにオリヴァーは領都に自宅がありますので、勘定に入れていません。

リーベル伯の脅威は減ったので、商会に戻ってもいいと言います——護衛は商会の方で用意して頂いています——が、交代で夜間警備をするので問題ないと断られました。

翌朝隠れ家から領都に入り、ハンベルトを先触れに出して、後から行政所へ向かいます。

行政所の入口に付くと、主だった部下が玄関に勢揃いしています。

「「「「お帰りなさいませ、当主様」」」」

「有難う。こうして堂々と帰ることができるのは嬉しいです。……でも、次回からはこういう出迎えは結構ですよ」

隠れて出入りする必要はもうなく、堂々と入れるとはいえ、こういう出迎えをされるのは気恥ずかしいです。

「こういうのを一度やりたかったのです。領主様に『仕事を止めるな』って怒られそうなので、毎回はしませんよ」

オイゲンは悪戯っぽく笑います。

皆も嬉しそうなので、これ以上は水を差さないでおきましょうか。

オイゲンは細身で背の高い、四十歳台半ばの男性で、家族は細君とオリヴァーの下に二人の弟妹がいます。オイゲンの家は代々子爵家に仕えてくれている従爵位家で、現在は行政所を統括して頂いています。オイゲン自身は母の代から行政所を統括しており、堅実な行政運営には、私も大きな信頼を寄せています。こういうお茶目なところを偶に見せるのが面白い人だと思っています。

「王都での話が山ほどあるの。この後、時間取れる？」

「ええ、切羽詰《せっぱつ》まった話はないので、大丈夫ですよ」

時間が取れるようなので、このまま皆で会議室に直行です。

オイゲンや主だった幹部を集めて、王都であったことを話しました。

リーベル伯爵が子爵領の乗っ取り企図の容疑で捕縛され、その係累を含めて取り調べ中という話には、皆が本当に安堵した表情をしていました。

しかしその過程で大勢の前で第二王子殿下から冤罪で糾弾されたこと、そのためにその場で自分が当主である証明をせざるを得なかったことを話すと、全員が苦虫を噛み潰したような顔をします。

「それで、こんな書面《の》が来るのですか……」

とオイゲンが見せてくれたのが、領地視察の要望書の山。

見ると、私が当主になってから手掛けて来たことに関連する、領内各所の重要拠点への視察要望が挙がっています。こういう類の物は偶に来ることがあるのですが、ここまで山ほど来たことはありません。私にプライベートな招待状を送ってきた高位貴族も軒並み送ってきているようです。

いつものように、視察されても問題のない公共性の高い場所のみ視察は許可し、他は全部駄目だと返信を指示します。いくら高位貴族でも秘匿しないといけない部分は絶対視察させません。

第二王子殿下を返り討ちにした際の縁もあり、バーデンフェルト侯爵家から善意の後ろ盾を申し出られていることには、皆が喜びました。

侯爵から提示された書面をオイゲンに確認してもらいます。

「当主が商務省長官を長く務められていますし、殆どの有力貴族家とも渡り合えるはずです。後ろ盾として申し分ないですね。それに提示された条項にも何ら問題はありません。体裁上、いくつか細かい文面を修正するくらいです」

しばらく書面を確認していたオイゲンが、太鼓判を押してくれました。大筋で問題ないようで、皆が納得してくれました。

これも聞いておかないといけません。

「実は侯爵から、私に学院に通うことを勧められているのですが……」

「それは、是非通って頂きたいです！」

オイゲンが学院に通うことを推します。周りの皆も頷き、オイゲンを後押しします。

「領主様は小さい頃から、領地を救うために駆けずり回っておられました。私達の不甲斐なさが領主様から子供らしさを奪ってしまった、と皆も心苦しかったのですよ」

オイゲンはそう言います。子供らしさがなかったとは……自覚がないわけではないですが、それは断じて皆のせいではありません。

全ての元凶は『アレ』です。言えませんけど。

「ですが今は領も潤って、他の領の圧力を跳ね返せるだけの力もつき始めました。リーベル伯爵も捕まりました。代償として高位貴族家に目をつけられはしましたが、後ろ盾もできますし、当面は落ち着くと思います」

別の幹部も、オイゲンに続いて発言します。

「それに、領主様に我らも鍛えられております。もし大きな危機に遭うようであれば、また領主様に頼らせてもらうと思いますが、もう少し皆に任せて頂いて大丈夫です。この間に、領主様に十六歳らしさを学院生活で取り戻して頂きたいと思います」

オイゲン以下、皆が温かい目で……何人かは目に涙を溜めながら、私を見つめます。

「……正直に言うと、侯爵に勧められた時、そうしたいな、って思ったの。……皆の気持ちは嬉しいわ。有難う」

この一年学院の方に何度かお世話になった時に、同年代の方々の学院での様子が、正直、羨ましかった。あんな風に、家の心配もせずに気楽に過ごしてみたい。こんな気持ちを、皆も見抜いたのでしょう。

皆の気持ちに……目頭が熱くなるのを感じます。でも、まだ話が終わっていませんでした。

気を落ち着けて続けます。

「ただ、当主としての仕事も商会のこともありますから、学院の寮に入ってしまうわけには行きません。父エーベルトが王都に買っていたタウンハウスを、こちらに帰る直前に引き渡されましたので、そこを改装して使える邸にしてから通うのはどうかと思っています」

「ああ、王都で伯爵に買わされたあのお荷物ですか。かなりの負担でしたが、抜き取っていく者も居なくなりましたし、今なら維持しても財政が傾くことはないでしょう。でも伯爵が使っていたのですから、無駄な造りになっていませんか？」

オイゲンが疑問を呈します。

「そうなの。だから中を作り替えたい。今の間取りは図面を貰っているから、これを元にして、改装案を作りましょう」

ハンベルトに目配せし、図面を出してもらいます。

「それから、資材も作業員も維持する人員も、全部子爵領で用意してくれるかしら。この改装には、外の人を入れたくないの。伯爵が雇っていた使用人も全員解雇して、今は王都に残った侍女達に、中身を整理してもらっているわ」

「そうですな。タウンハウスも機密が守れる造りにする必要がありますか。では皆で案を出しませんか？　間取りを見る限り広さも割とありそうですし、色々盛り込んでいきましょう。案を元に最終的な図面をこっちで引いて、後日領主様に確認します」

そこから、皆でタウンハウスにどういう機能を盛り込むか、護衛の方々も含めて皆で話し合いました。

大事なのは機密を守れることと、護衛が動きやすい作りであること、非常用の脱走経路が確保できることなど。守りに特化した造りにしましょう。

伯爵の王都での遊び用だった邸宅から、大分作り替えられることになりそうです。


翌日、領都にある商会本部に向かいました。

祖父が立ち上げたこの商会は、当初は子爵領に不足していた食料や物品を領外で仕入れて領内で販売するという業務内容で、規模はそれほど大きなものではありませんでした。

母と祖父母が亡くなって、私が当主になってからは、色々な部門を立ち上げて商会自体は大きくなりました。商会長は私になっていますが、子爵当主としての仕事もあるので、私は大筋の方針を出すだけです。細かい采配は、祖父と一緒に商会を立ち上げた副商会長ハイマンに任せています。

商会本部は、客として表から入る場合はともかく、裏から入る時は商会身分証などをチェックされます。私が入る時も同じです。顔パスで人を通すことは気の緩みに繋がるので、誰であっても毎回必ずチェックするよう徹底しています。

裏口から本部に入った後、副商会長ハイマンの執務室に向かい、扉をノックします。

「誰だ？」

「商会長よ」

誰何に答えると、しばらくして中から扉が開きます。

「ハイマン、元気？」

「まだまだ元気でやっとるぞ。さあ、中に入ってくれ」

部屋に入り、執務机の前に設けられた応接スペースのソファーに腰を下ろします。私が座ると、ハイマンも向かいに座ります。

ハイマンは小柄で体つきのガッシリしたおじさんで、私も小さい時から可愛がってもらっています。五十歳台に入り白髪が混じり始めていますが、まだまだ元気。末娘のロッティの上に三人の兄と一人の姉がいて、全員が商会に勤めています。口が悪く王都での商売では色々誤解されそうですが、こちらでは情に厚く気のいいおじさんとして認識されていて、私にも忌憚《きたん》のない意見を言ってくれるので、商会の皆さんにも信頼されています。

「商会の運営状況はどう？」

「こっちから見ている分には、前に立てた方針通り順調に推移している。懸念としては、外部からの視察依頼が最近急に増えたことかな。貴族家の依頼は全部行政所に回しているが、他領の商会からの物はあっちに回せなくてね。俺が一々中身を判断しないと。まあ、それは仕方がないがね。商会長の方は、何か変わったことは？」

こちらの領地側の運営は、大きく変わったことがなさそうですね。

「王都側の運営も、今のところは大きく変わりがないわ。あの店も至って順調。それ以外に、いい情報が二つ、悪い情報が一つあるの」

「じゃあ、悪い方から教えてくれ」

ハイマンは即答します。

「先日、学院の卒業パーティーに招かれたのは知っているわね。そこで色々あって、第二王子がパーティーの最中に私を呼び出して、大勢の前でありもしない罪で糾弾してきたの。お陰で大勢の前で、私が子爵家当主だって証明しなくちゃいけなくなったの」

ハイマンは眉を顰《しか》めます。

「あちゃあ……あの山のような視察依頼は、それでか。折角身を隠してたのにな。商会長はあの伯爵にまた狙われるじゃないか」

ハイマンはぼやきますが、私は首を振ります。

「そっちは大丈夫よ。そのパーティーで、伯爵は捕まったの。王太子殿下以下、重臣達が取り調べ中よ」

「おお！　領主館に軍が入ったのもそれか！　そいつはいい！　はははは！」

リーベル伯爵には商会も悩まされていましたから、ハイマンも喜色を浮かべ、笑い声を上げます。

「ただね、私が当主だって知れ渡ってしまったから、私のところに釣書が山のように来ているの。今は善意の後ろ盾を申し出てくれた家との契約内容の精査中。ハイマンも問題ないか見てくれる？」

侯爵から貰った書面を見せます。

「ちなみにこれは、どこの家だ」

書面を見ながら、どこの家が後ろ盾になるか聞いてきます。

「バーデンフェルト侯。商務省長官のところよ」

「おお、そこなら問題なさそうだな。商売敵でもないし、やり手の長官が後ろ盾なら心強いじゃないか。……うん、内容も全く申し分ない。行政所で細かい文言は直されそうだが、大筋はこれでいいんじゃないか？」

侯爵にはいい返事ができそうです。

「学院での弾除けをやるって書いてあったが、商会長も学院に通う気になったか？」

「ええ。侯爵から勧められたし、行政所でも皆がそうしろって」

「……じゃあ俺からも言う、是非そうしてくれ」

ハイマンが書類を見ていた顔を上げ、真剣にこちらを見つめます。

「今までは忙しくて余裕がなかったが、伯爵も捕まったんなら、ちっとは余裕できたんじゃないか。これからすぐに新事業立てたりなんて予定ないだろう？　商会長は、まだ十六歳だってことを思い出してくれ」

なんでしょう、皆同じようなこと言います。

「行政所でも似たようなこと言われたわ」

「そりゃそうだ。商会長を知ってる奴は皆思ってるぞ」

ハイマンは書面を脇に置き、真剣な面持ちになります。

「俺が商会の皆に発破掛ける時、なんて言うと思う？『あんな小さな商会長が血反吐吐いて頑張ってるんだ、何でだと思う？　あんな子供につらい目遭わせて、お前ら何とも思わんのか！』ってな。これが一番効くんだ」

ハイマンが、私を可愛がってくれた時のような、優しい面持ちで……あの時のように、私の頭を撫でながら話します。

「商会の皆が、領地の皆が、商会長が小さい子供の時から一生懸命やってるのを、皆知ってる。先代様が亡くなってからは、商会長が必死になってるのを……助けてやりたい、楽にさせてやりたいって思いながら、皆見ていたんだ」

ハイマンはゆっくりとそう話します。

「だからな、商会長。普通に学院通って学生生活楽しんでくれたら、それだけで皆嬉しいんだ。

俺達も頑張った甲斐がある、もっと頑張って商会長に楽させてやろうってな」

ハイマンは優しく、私に諭します。

皆からこんな風に思われてたんだ……。皆の優しさ、温かさに胸が熱くなります。

こんな領民達に、商会員達に囲まれてるんだ……。

ハインツが席を立ち、私の横に座って、頭を撫でてくれます。

「なあ、商会長。今まで泣く暇なんてなかったもんな。黙っといてやる。人払いもしてやる。誰も見てねえ」

いつの間にか、私の目頭は熱くなっていて、頬を流れる感触があります。

有難う、ハイマン……ハンカチお借りします。

◇　◇　◇

翌日、領主館に伺う旨、先触れを出しておきました。領主館は軍務省から派遣された部隊が占拠して、伯爵が子爵家へ乗っ取りをかけたり搾取したりした証拠や、エーベルト一家による子爵家の資産横領などの調査をしています。

ほどなく軍務省の担当から返答が届き、ご訪問をお待ちしていますとのことです。

翌日、オリヴァー、ハンベルトを連れて領主館を訪問しました。

出迎えに出てきて敬礼するのは、青年将校と思《おぼ》しき背の高い男性です。

「子爵殿でありますか。今回の捜査を担当する王都第二大隊所属で、本館の捜索を行う第六中隊中隊長、ロタール・ブランツであります」

「リッペンクロック子爵家当主、イルムヒルトです。本日は宜しくお願いします」

軍務省直轄の予備軍である王都第一、第二大隊は、国境警備の部隊と定期的に人員を入れ替えながら、普段は王都近郊で訓練に勤しんでいます。それが今回のリーベル伯の捜査で駆り出されたのでしょう。館の外に設置した大きなテントに案内されます。

テントの中に、中隊長の執務室兼会議室を置いているようです。

私とオリヴァー、ハンベルトの三人で会議室に入ります。私と中隊長だけが着席し、私以外の従者や中隊長の副官はそれぞれ後ろに控えます。

「早速始めましょう。捜査の状況と、館の子爵様への引き渡しの予定をお知りになりたい、ということでしたね」

「ええ、そうです」

中隊長の後ろの副官が、中隊長に書面を一枚渡します。

「館に残っていた使用人は全て拘束の上、当地で取り調べを致しました。全員伯爵領から連れて来られた者達で、子爵領で雇用されたものは居ませんでした」

元々子爵家に仕えていた使用人達は、伯爵の関係者に求められても固辞したと聞きます。

「ここの使用人の中には、一部、エーベルトやその妻の資金横領に関わっていた者も居たようですが、調書を一通り取った後は、全員伯爵領の大隊本部へ護送しています。使用人の調書の概要は以上の通りですが、ご覧になられますか」

横領の件以外は、使用人の尋問で特筆することはなかったようですね。

「いえ。それは結構です。伯爵による占拠の際に、元居た使用人達はどうしたかは聞いていらっしゃいますか」

「はい、行政所の方に確認しました。彼らについては、占拠の際に行政所で保護したそうです。当時残っていた使用人の方々は全員老齢で、そのまま引退されたそうですね。何名かはご存命でしたので、当時の状況は聞き取り致しました。その内容はこちらに」

もう一枚、中隊長が調書を出してきました。彼らには、潜伏中に訪ねて当時の状況を聞いてはいますが、そちらは拝見させて頂きます。

聞き取り内容によると、最初は伯爵の入館を突っぱねていたそうですが、兵が出てきて睨み合いになったので、止むなく行政所から領政補佐が来て彼らを保護し、館を明け渡したそうです。

一通り目を通しましたが、あのことについては触れられていませんでした。漏らさないでいてくれた、元使用人の皆さんに心の中で感謝します。

「館内の証拠品捜索についてですが、アレイダ容疑者の部屋から見つかった多くの宝石、装飾品、高級服飾品などは王都へ送っております。エーベルト容疑者、およびメラニー嬢の使用していた部屋からはそういった類の物は見つかっておらず、領都に住む平民達や、子爵家の家格を考えても少し落ちるほどの服飾品のみで、宝石や高級な装飾品はありませんでした」

アレイダ様は王都で拘束されていますから、宝石とか装飾品などは、彼女の供述を取るために一旦移送したのでしょう。

「王都へ移送された物の中には、子爵家所有の物も含まれている可能性がありますが、そちらはどう対応すればいいでしょうか」

「こちらでは子爵家の所有物かどうかは判断できませんでしたので、一旦全て王都に送っております。子爵様に見て頂く必要がありますので、王都に戻りましたら第三騎士団本部へご確認頂けますでしょうか。ただ、占拠が約八年前なので、当時の子爵様のご年齢を考えますと、分別が難しい物があるかと思いますが」

あの当時、私は八歳でしたから、普通はそう考えるでしょうね。

「お恥ずかしい限りですが、当時子爵家は困窮しており、大事な所蔵物の数点以外は処分しておりました。その数点が確認できれば、後は容疑者の購入品として処理頂こうかと思います」

「了解致しました。それでは、こちらから報告を出しておきますので、王都にて手続き頂けますと有難いです」

中隊長は、また別の書類を出してきました。

「残りの証拠品については、現在は館に残されていた本や書類の精査をしています。本については、元々子爵家で所蔵していたと思われる技術書や研究書などの本が大半で、証拠品となりそうなものはありませんでした。こちらがその目録となりますが、確認されますか？」

「今は結構です。行政所の方に後で一覧を提示頂ければ、向こうで確認できると思います」

技術書や研究書と言っていたので、多分、そちらについては問題ないでしょう。

後で行政所に管理してもらいましょう。

「あとは書類なのですが……館には一応、占拠後の行政書類が保管されていました。困ったのは『ただ保管されていただけ』だったようなのです」

「ただ、保管されていただけ、とは？」

どういうことなのかわからず、首を傾げます。

「地下の保管庫に書類が置かれていたのですが……未整理の状態で、増える度に上に積み重ねていっていたようです。現在はその書類を会議室に少しずつ持ち込み、精査をしている段階です。これは我々だけでは手に負えないので、行政所からも二人ほどお借りしております」

本当に、父は何もしていなかったのでしょう。

目を通しそのまま保管庫に仕舞っていただけだったと思われます。

そうでないと、八年分の未整理の書類の山が見つかるなどあり得ません。

八年分の書類を整理し、証拠となるものを探し出すなんて大変な苦労でしょう。

これはもうしばらくかかるかもしれませんね。

「そのご様子だともうしばらく掛かりそうですね。王都にまた行くことになっていますので、引き渡しについては行政所の方にご連絡頂けますでしょうか。私からも引き継いでおきますので、具体的な時期や手続きは、行政所と調整頂けますでしょうか」

「了解しました」

これで捜査状況は確認できました。

「ところで、書類以外の捜査は一段落しております。子爵様にとっては久しぶりの館となりますが、中をご覧になりますか？」

中隊長が、そのような提案をしてきました。

……そういえば、八年前のあの時から一度も入っていませんね。

今はどうなっているのでしょうか。当時のことが思い出せるといいのですが。

「そうですね、一度中を見ておきたいです。宜しいですか？」

「ええ、では私と副官でご案内しますよ」

私とオリヴァー、ハンベルトの三人を、中隊長と副官、もう一人の兵士が案内してくれます。

領主館といってもそれほど大きな館ではありません。一階に大小の応接室と客間が三部屋。二階に当主の執務室と居室、その続き間に当主夫人の居室と、家族用の居室が三部屋。三階が使用人達の部屋となっています。

ちなみに書類の保管庫は地下にありますが、暗い場所なので書類整理は大応接室に全て運んでいってているそうです。

ここに住んでいた当時、母が当主の居室、私がその続き間である当主夫人の居室、祖父母は家族用の居室を一部屋ずつ使っていました。当主の執務室に祖父母と私の机を持ち込み、皆で同じ部屋で執務していたのを覚えています。

入口から広間に入ると、当時から調度品もカーテンなども換えられているようで、あまり既視感がありません。多分アレイダ様が換えてしまったと思われます。


――ん？

ふと、急に何か違和感を覚えます。


書類精査をしているという、一階の大応接室の扉には兵が二人立っています。

しかし一階の玄関ホールから見る限り、せめて二階の当主執務室には、歩哨《ほしょう》が立っているのが見えて普通だと思うのですが……、今は誰も立っていません。

書類の精査が残っているだけとはいえ、当主執務室は重要な場所ですし、普通は歩哨とか立っていませんか？

気になって、中隊長に小声で話しかけます。

「あの、二階には歩哨は立てていないのですか？」

「……確かに、変ですね。いつもは当主執務室の前に二人立てています」

気になるので、中隊長にお願いして静かに二階に上がることにします。

皆で静かに二階に上がると、当主執務室の中から物音が一瞬聞こえました。誰かが執務室の中に居そうです。

「子爵様、私と副官で中に押し入ります。護衛に兵士をつけておきますので、後から入ってきて下さい」

中隊長がそう囁き、ハンドサインで副官に指示して執務室の扉の脇に寄ります。

また中から物音が少し聞こえます。やはり誰かいるようです。

中隊長達が扉を蹴破り中に突入します。私達も後から入ります。

そこでは、二人の兵士が中隊長達を牽制し、奥で赤髪の男が書棚の奥に手を突っ込んでいるのが目に入りました。奥の男……赤髪に右頬の傷のある男、あいつは！

私は袖に隠し持っていたナイフを二本投擲します。

直後、オリヴァーが私を庇うように前に立ち、ハンベルトが鞄を置いてあいつに向かいます。

しかしあいつはナイフを涼しい顔で躱し、腰から剣を抜いてハンベルトを牽制します。

「よう、嬢ちゃん。八年ぶりか？　大きくなったな」

「ゲオルグ！！！　貴様ぁぁ！！！」

「危ない！　下がって！」

あいつに向かおうとする私を、オリヴァーが必死に止めます。

「もうちょっとだったんだけどなあ。見つかっちまったし今日は帰るわ。またな！」

「待て！」

ハンベルトを蹴飛ばし、赤髪の男はすぐさま窓から身を投げます。兵士達二人も中隊長達に蹴りを入れて怯ませ、その隙に同じように窓から飛び降ります。

窓に駆け寄ると、下に待たせていたのか、三人は馬に乗って走り去っていくところでした。

立ち直った中隊長が副長に彼らを追うよう指示し、副長が部屋を出ていきます。しかし、相手は最初から馬で走り去っていますから、恐らく追いつけないでしょう。

目の前であいつを逃がした悔しさに、窓枠を何度も叩きます。

中隊長が謝ってきます。

「すまない、取り逃がしてしまった。兵士達もかなりの手練れだった。ここの兵士にはあれほど腕の立つ奴は居ないはずだが。ところで、ゲオルグと呼んでいましたが、子爵様はあいつをご存じで？」

「あいつが……私の母と祖父母を殺した男です」

「「えっ！」」

中隊長だけでなく、オリヴァー、ハンベルトも驚きます。

「しかし、何故あの男はここに……」

「もうちょっと、と言っていたでしょう。多分、これを探していたのでしょう」

私は書棚の、ゲオルグが腕を突っ込んでいた辺りの本を退け、奥の穴に腕を突っ込んで、奥のハンドルを回します。

その後、書棚のまた別の場所の本を退けます。先ほどのハンドルの仕掛けによって、そこには新たに穴が開いています。その中から、三十センチ四方ほどの木箱を引っ張り出します。

そして、木箱を開けて――愕然とします。

「ない……。まさか、あれは中身を抜いて元に戻すところだったの……！　くそっ！」

「子爵様、その木箱の中身は一体何だったのです？」

中隊長が訊いてきます。

「あの時、静養に行く前にここに隠して、それから触れられていなければ――箱の中身は、母の日記だったはずです」

「あの日記の中に、何が書かれていたのか……ご存じですか？」

中隊長が訊いてきますが、私は首を振ります。

母の日記……あの日記の中身は、誰にも話すことはできません。『アレ』の核心に触れる内容もあったのです。

それを奪っていったゲオルグは――やはり『アレ』と繋がりがあるのでしょう。

「そうですか。しかしその日記が奪われたであろうことは、報告書に記載して構いませんか？」

「……ええ、それは構いません」

あいつはもうここには現れないでしょう。そう思うと気が緩んで、一気に力が抜けてしまい、座り込んでしまいました。

今日はもう帰って休ませてもらいましょう。

「これから後処理で忙しくなるでしょうし、私はこれで失礼していいでしょうか」

「あ、あの、あの男の詳細については……」

「申し訳ありませんが、あの男について私の知っていることは、王都にて王太子殿下、軍務省長官殿にお伝えしております」

最高責任者の名前を出しておけば、根掘り葉掘り訊かれることはないでしょう。

「し、失礼しました。それでは私如きが聞いていい話ではなさそうです。では、お送りできず申し訳ありませんが、お気をつけてお帰り下さい」

オリヴァー、ハンベルトの手を借りて立ち上がり、中隊長の挨拶を背に、さっさと隠れ家に帰ります。

しかし、あいつは最後何と言いました？　――今日は帰るわ、またな？

ということは、またあいつに相対することになりそうです。
次こそは――次こそは、母の仇、あいつの喉笛に、刃を。

第五章　『アレ』に目をつけられました

タウンハウスの内装工事案は、話し合いから二日で大まかな図面が出来上がり、ここでハイマン以下商会側の人も呼んで皆で最終案を固めました。

図面を最終化し工事の準備に取り掛かるところは、オイゲンとハイマンで協議して進めるそうです。工事の後、作りつけの物以外の調度品は王都で揃えれば大丈夫でしょう。

数日でその他いくつか雑事を済ませた後、再び王都へと出発しましたが、出発間際にオイゲンとオリヴァーから呼び止められました。

「こちらは大丈夫ですから、今度はオリヴァーを、一緒に連れて行ってやって下さい」

出発の日、オイゲンが提案してきました。

オリヴァーは腹心として私をサポートしてもらっていましたが、いずれはオイゲンの跡を継ぐだろうと、最近は行政所の方で働いてもらっていたのです。

「こちらの行政所より、王都での当主様の方が大変そうですから、また当主様のお手伝いをさせて頂きます」

そう言ってオリヴァーは私に頭を下げ、私についていくと言います。

「……有難う。ハンベルトだけでは、従者の手が回らないかと思っていたから、助かるわ。オイゲン、工事の手配はお願いするわね」

「万事、滞りなく。当主様もお気をつけて」


数日かけて王都に来てみると、工事が始まるまでの間に合わせですが、タウンハウスを整えて滞在することはできるようになっていました。

伯爵はここで執務をすることがなかったため、引き渡された時は執務室そのものがありませんでした。そこで侍女達にやってもらったことは、伯爵が使っていた居室を執務室に変え、その部屋に繋がっていた使用人控室を私の居室として整えてもらうことでした。重い調度品は、商会の人員を借りて動かしてもらったそうです。

住み込みの使用人用の部屋は数があり、私が戻ってくるまでは侍女達が使っていましたが、護衛も入れると部屋数が足りません。

「ロッティ、護衛達を含めると使用人部屋が足りないけど、どうしようか」

「ここの使用人部屋は広いので、二人一部屋でも大丈夫です。割り振りはオリヴァーと決めますから、当主様はお気になさらずとも大丈夫です」

ロッティがそう言うので、「じゃあ任せるわ」と委任することにしました。

「そういえばロッティ、侯爵への情報の引き渡しは、どうだった？」

「あちらは偽装工作に慣れていなさそうでしたので、大型家具の運搬に偽装して直接別宅へお送りしております。向こうで丁重に扱って頂けるとのことでした」

殿下に関する切り札の情報は、侯爵様への引き渡しが終わっていました。先に向こうに知られていたら恐らく握り潰されていたものを、わざわざ身請けまでして手に入れた情報です。丁重に扱うよう侯爵側も約束してくれたとのこと。後は侯爵様に任せましょう。悪いようにはしないはずです。

「そう。それは良かった。肩の荷が下りたわ」

念のため、ロッティや侯爵様にも教えずに、別の手の者に張らせていますが、あとでそちらにも聞いてみると、別系統の存在は今のところ確認できないとのこと。ひとまず大丈夫そうです。

◇　◇　◇

翌日、第三騎士団本部に先触れを出しました。

ほどなく返答がありましたが、面会はともかく、子爵家所有品の精査の件は準備が必要なので、明日お越し下さいとのこと。領主館での話が数日で王都まで回っていることから、この件での軍務省と第三騎士団の連携は上手くいっているようです。

その日は商会の仕事をいくつか進め、その翌日、第三騎士団本部を訪れました。

本部を訪れると、騎士団長の執務室に通されます。

「王都に戻って早々にご連絡頂いたようで、有難うございます。エーベルトの面会の件ですが、どんな話が飛び出るかわからないので、私が立ち会うように殿下から言われております。ただ、申し訳ないですが、先に片付けておきたい書類仕事がありますので、まずは子爵領から送られてきた品の精査をお願いしていいでしょうか？」

アレイダ様の装飾品のことでしょう。

「了解しました。その品はどちらに？」

「この本部の建物に隣接した大広間に広げてあります。君、彼女を案内して差し上げなさい」

執務室の入口に居た騎士に第三騎士団長が指示をします。

騎士に案内され、本部の大広間へ向かいます。

そこには、子爵領から押収した宝石、装飾品、高級生地のドレスなどが、種類別に分類された上で、間隔を空けて一点一点並べられていました。

それぞれに明細が記載された紙がついていて、私がじっくり確認しやすいようにして下さったようです。これは確かに、準備に時間がかかりますね。

まずは衣装から見ていきましょう。数は多いのですが、高級生地のドレス以外は全て消耗品ですので無視します。高級生地のドレス類は、大半の物はアレイダ様が購入した衣装でした。

その中で一点だけ、子爵家伝統のシルク生地の婚礼衣装がありました。

初代当主が王命で高位の貴族女性を妻に迎えた際に誂《あつら》えた品で、それから代々、当主の母親から、当主ないしその妻になる女性に受け継がれてきた衣装です。

母もエーベルトとの婚礼の際、このドレスを祖母から受け継がれました。流石に意匠が古く、若干手直しして着たそうですが……母の結婚式のことを思い出させますし、私は着ないかもしれません。これは子爵家所蔵品として引き取りましょう。

次に宝石類を見ていきます。宝石類を購入する際は、通常は加工して装飾品に誂えるまでを行うので、宝石の形のまま所持することは少ないです。並べられている物もやはり数は少ないです。

ここにも一点だけ、少し大振りの深いブルーのカイヤナイトがありました。

これも初代から引き継がれているもので、色が初代の髪色だとの伝承があります。カイヤナイトは宝石としては柔らかく加工が難しいので、宝石のまま所蔵していたようです。これも子爵家所蔵品ですね。

最後に、それなりに数の多い装飾品を見て回ります。やはり比較的新しい意匠が多いですが、王都には滅多に来なかったアレイダ様は、流石にオーダーメイドの装飾品にまでは手を出せなかったようです。

その中で、奇妙な品が一つ目に入りました。子爵家所蔵品ではないのですが、明らかに、周りに置かれているアレイダ様の購入品の趣味とは違うもの。

小さな金の指輪。薄汚れて見えるけど、多分新品。
群青色の小さな石が埋め込まれて。
石の周りに何かの紋章を崩したような模様が彫られていて。
ちょうど、今の私の薬指に入るくらいの——。

この意匠、見覚えがあります。
ですがこれは、絶対に子爵家所蔵品ではあり得ません。
だって、これは毎年、……あの日に……。
でも、もうないはずのものが、何故ここに……。
あ、あの時のものとは、石の色が、ちょっと違う……。
それに、この紋章の意図は……！

い、嫌！　嫌！　気持ち悪い！！！
全身を悪寒が駆け抜け、鳥肌が立ちます。

呼吸が浅くなり、動悸《どうき》が止まりません。

胸を押さえてその場に蹲《うずくま》ります。


「大丈夫ですか！」

案内をしてくれ、私の近くで見ていた騎士が駆け寄ってきます。

「ハァ、ハァ、ハァ……ちょっと、……ハァ、ハァ……休めば……ハァ、ハァ……」

「おい、担架を持ってきてくれ！」

別の騎士がどこからか担架を用意して、そこに寝かされ、私はそのまま運ばれました。

そして私は救護室に運ばれ、ベッドに降ろされました。

「どうされました？」

救護室に居た医者が、私の診察をします。

「ハァ、ハァ……本当に、ちょっと……ハァ、ハァ……休めば、……大丈夫ですから……」

医者が脈や呼吸、目の状態などを診ます。いくつか問診を受けましたが、体の異常はなく、しばらく休めば落ち着くだろう、ということでした。


——み、見なかったことにしましょう。

あんなものはなかった、あんなものはなかった、あんなものはなかった……。

心の中で唱えながら救護室で横になっていると、十五分ほどすれば大分呼吸が落ち着きました。

念のため、もう少し休んだ方がいいと医者に言われてもう少し横になります。

そして、充分落ち着いてから起き上がります。

最初に案内してくれた騎士が、救護室の入口で待機していましたので、彼にお願いしましょう。

「大分落ち着いたので、先ほどの大広間に案内頂けますか」

「具合が悪いようでしたら、後日でも構いません。あまり無理をなさらず」

騎士は心配そうです。

「本当にもう大丈夫です。宜しくお願いします」

そう言って、再度大広間へ案内頂きました。


気を取り直して装飾品を見ていきます。先ほどの指輪は……視界に入れないようにします。

見覚えのある物が三点見つかりました。

まずは婚礼衣装とセットで使用するウエディングチョーカー。

婚礼衣装のデザインに合わせた意匠で作られているもので、等間隔に小振りの青いサファイアが散りばめられています。意匠も古く、明らかに子爵家所蔵品です。

次に、祖父が祖母に贈った小さなグリーン・ガーネットのネックレス。

高価なものではなく、偶々あの時は領主館に置いていったと思われますが、祖母がよく身に着けていたので覚えています。祖母の形見として取っておきましょう。

最後に、左右にそれぞれガーネット、アクアマリンと違う石が施された耳飾り。

これも高価な物ではないですが、母が最初の婚約者から贈られた、お互いの瞳の色をあしらった思い入れの深い物だったそうです。母の瞳は薄いブルーでしたから、反対側の深いレッドがお相手の方の色だったのでしょう。こちらは母の形見の一つとして引き取りましょう。

全部を見て回った後、案内してくれた騎士を呼びます。

精査した五点のみを子爵家所有とし、後は処分をお願いしました。それらの品は、後で梱包して丁重に届けてくれると言うので、タウンハウスまで届けてもらうようお願いしました。


「確認作業中に倒れたと聞いたのですが、大丈夫ですか？」

執務室に戻ると、騎士団長殿にそう声を掛けられました。

「ご心配をおかけしましたが、もう大丈夫です。騎士団長殿の方は、用事は終わりましたでしょうか」

「こちらは終わりました。それでは、エーベルトとの面会場所までご案内します」

準備ができたようで、騎士団長殿の後について特別面会室まで移動します。

特別面会室に入ると、そこは幅五ｍ×奥行十ｍくらいの部屋で、ちょうど真中、奥五ｍくらいのところで部屋が鉄格子で仕切られています。鉄格子を挟んでこちら側と向こう側の両方に、鉄格子から少し離れた位置で椅子が置かれています。お互いが物理的に干渉しないよう、離されているのでしょう。

また、部屋の端、向こう側とこちら側の扉の横に、それぞれ椅子が二つと机が一つ置かれています。向こう側は看守が、こちら側は立会人と書記が座るのでしょう。

こちら側の鉄格子前の椅子に案内され、そこに座って待っていると、向こう側の扉が開き、看守二人に連れられた父エーベルトが入ってきます。看守はエーベルトを向こう側の椅子に座らせ、扉の横の椅子に座ります。

全員が座るのを待って、私の方から父に話しかけます。

「初めまして、イルムヒルトです。私に面会したいと希望されていましたが、どういった内容なのでしょうか」

「……初めまして、か。そうだな。あの時は直接話をしなかったからな。私がエーベルトだ。私には、初対面の君を何と呼べばいいかわからない。どうせ最初で最後になろうが、ひとまず貴女と呼ばせてもらって構わないかな？」

エーベルトも挨拶を返します。

「ええ、私も貴方と呼ばせて頂きます」

あのパーティーの初対面でも会話を交わしたわけではありませんし、どういう距離感で話をすればいいかわからないのが正直なところです。どうやらエーベルトも同じだったようです。

「それで、貴方は私とどのような話をしたいのでしょうか。私と話をしないと証言しないということを騎士団長殿に伺ったのですが」

「それなのだが……まずは私が居ることで、貴女には大変迷惑をかけてしまったことを詫びねばなるまい」

居ることで……というのは。

「リーベル伯に、領主館に連れて来られたことですか」

「そうだ。あれから八年も、私やアレイダがあそこに居ることで、貴女には大変な目に遭わせてしまった。しかし私には……兄に逆らうことは難しかった。一緒に来ていた使用人達は、兄が私を監視するために配置していたからな」

リーベル伯とエーベルトとの関係は……想定以上に歪なものだったようです。

「兄は私の二つ上だったが、体が大きくかつ狡猾《こうかつ》だった。父は私達を平等に扱ってくれたが、兄は私が、自分の嫡男という立場を脅かすものと思っていたらしい。兄に逆らうと陰で暴力を振るわれ、使用人達に評判を落とす噂を流され、結局は私が悪いことになってしまうまで追い込まれた。それは父が倒れ、兄が実権を握るまで続いた」

エーベルトは幼少期から兄に心理的に虐待され、逆らう気力を奪われていたようです。

小さい頃からそのように、物理的にも精神的にも貶められ続けていれば、逆らうのは難しいかもしれません。

「兄が正式に家督を得ると、没落寸前していた家臣のファンベルク家に、アレイダの婿として身一つで放り込まれた。兄は私を貶め厄介払いするつもりだったろうが、貶められ続けた私に贅沢な貴族の暮らしは無縁だった。むしろ兄から離れてやっと落ち着ける、と思ったものだ。だから、アレイダと結婚し、メラニーが生まれ、三人で暮らした日々が……初めての私の平穏だった」

「……貴方とリーベル伯の関係性は、よくわかりました」

本題にはいつ辿り着くのでしょうか。

「……話が長くて困るとでも思ってそうだが、年寄りの話は長くなるものだ。それに、貴女にも色々と、今までの答え合わせが必要だろう。申し訳ないが、もう少し付き合ってくれ」

「答え合わせ……ですか。仕方ありませんね」

確かに、今まで疑問に思っていたところが、エーベルトの視点からだと理解できる部分があります。肩を竦《すく》め、しょうがないと彼の話に付き合う意思を示します。

「すまんな。まあ、私は兄に逆らえる立場ではなく、兄が命じれば言われた通りやるしかない。そう思っていた……だが、嵐が過ぎ去るまで私が耐えていればいい、という考えが間違っていたと気付かされたのが、貴女の母君、ヘルミーナ殿との結婚式の時だった」

エーベルトは、残念そうな表情を見せます。

「ヘルミーナ殿は、最初の婚約者との縁はなくなってしまったこと、更に当時は子爵家が財政的苦境に遭ったとも聞いた。兄はそこに付け込んで婚約者をあてがい、貴女の子爵家を乗っ取ろうと、私を無理矢理アレイダと離婚させ、ヘルミーナ殿と婚約させた」

「そうですね……。そこは、母から聞いたこととあまり変わりません」

私は頷きます。

「しかし、ヘルミーナ殿との結婚式は……酷いものだった。列席者は伯爵家の係累《けいるい》や家臣の家の者達で埋め尽くされ、その者達が皆、子爵家がさも伯爵家に吸収されるかのように振る舞った。ただ私にはどうすることもできず、ヘルミーナ殿や義父母に謝るしかなかった」

「恐らく、そうなるようにリーベル伯が全て手を回していたのでしょう」

エーベルトは頷きます。

「私だけが耐えていれば、丸く収まるならいい。だがもう、それでは済まなくなったこと、ヘルミーナ殿や子爵家にも多大な迷惑を与えてしまったことに、自分の無力さを悔やんだ……遅きに失したがな」

何故、父エーベルトが結婚式後に、アレイダ様のところに戻ったのか……。メラニー様の話の中でわからなかった点について、納得した部分があります。

「それで貴方は、結婚式後にファンベルクのご家庭に戻ったのですか」

「直接兄に抵抗するのは難しかったが、せめてこれ以上、ヘルミーナ殿や子爵家に迷惑をかけるべきではない。そう思った私は……一連のことが終わって以来、ヘルミーナ殿や義父母にも会うこともなかった。離婚の条件が整わなかったのか、籍だけは子爵家のままだったが」

……やはり、そういうことでしたか。エーベルトは話を続けます。

籍を戻せなかったのは、支援金を返せなかった子爵家の事情もあったのですが。

「……また、三人の慎ましくも平穏な生活に戻ったが、八年後、再び私の前に兄が現れ、無理矢理子爵領に連れて来られた。ヘルミーナ殿含め子爵家が行方不明だから、籍の残っている私に当主代理をやれ、ということだった」

エーベルトを子爵家の籍から抜けなかったことを上手く使われたと、後になって思いました。

「代官職と当主代理では責任も大きく違いますし……随分無茶を言われたのですね」

しかしエーベルトの状況を知ると、リーベル伯も無茶な手を打ったのだとわかり、少し呆れました。

「私も無茶だと言ったが、行政組織……子爵領では行政所と言っていたな。そこを掌握すれば、細かいところは任せればいいと兄は言っていた。実際は、兄も行政所を掌握できず、領民達も非協力的で、兄が連れていた兵士達は何故か怒って、どこかへ行ってしまった。結局兄は私に当主代理の印璽を渡し、これで上手くやれ、と私に丸投げして伯爵領に帰っていった」

念のため聞いてみましょう。

「そのまま、子爵家を乗っ取ってやろうとは？」

「兄はそう思っていたようだが、私にそんなことができるわけないだろう。代官職で村を二つ三つ見ていた時とはわけが違う。第一、迷惑をかけたヘルミーナ殿や義父母に顔向けができん」

エーベルトは目を見開き、声を張り上げます。

彼にそのつもりはなかったことは、よくわかりました。

「すみません、試させて頂きました」

「子爵家当主であれば当然だ。気にするな」

エーベルトは首を振り、話を続けます。

「……後から兄が連れて来たアレイダは、そのつもりだったようだったがな。子爵領に連れて来る間に、兄が焚きつけたらしい」

エーベルトは残念そうな表情を見せます。

「後から彼女に聞いたが、主家の息子を婿に迎えることでファンベルク家の繁栄が戻る期待をしていた彼女は、身一つで婿入りした私に失望していた。彼女は仕方なく慎ましい生活を受け入れていたが、私が子爵家の当主代理になったことで、『すぐに代理の文字は取れる、そうなればお前は貴族の正妻だ』と、兄がアレイダを煽ったのだ」

今までのエーベルトの話にあったアレイダ様の人物像と、行政所を通じて私の知るアレイダ様の人物像に、大きな差があります。その原因が、リーベル伯の焚きつけということ？

「煽った、とは？」

「当主代理などやる気のない私を、兄はアレイダを使って焚きつけようとしたのだろう。使用人も兄の息がかかっていて、アレイダに協力していた。兄の言いなりだった私に当主代理としての実績を積ませ、代理の文字が取れた時に子爵家を兄に売り渡させれば乗っ取りができる。そんな兄の考えは見え透いていたが、そう簡単な話ではないことは、私には少ししてわかった」

「どうして、そう思ったのですか？」

答え合わせのために、一応聞いてみましょう。

「曲がりなりにも当主代理の印璽を持つ私のところには、行政所から決済書類が回ってきていた。せめて子爵領に損害を与えてはいけないと、最初は真面目に取り組んでいたが、そのうちに気付いたのだ……当主実務の経験がない私が、一人で処理できることがおかしいのだとね。それに本当に重要な案件の決済書類は、私のところに回ってきていなかった」

彼は彼なりに、領地のため、子爵家のため、と真面目に取り組んだのでしょう。

「領地の決算書類も、ぱっと見て完成した状態で私のところに回ってきていた。私はそのまま決済し貴族省に提出したが、受理された決算は、私が決済した物とは微妙に変わっていた。であれば、そこに介在する誰かが居ることになる。貴族年鑑を見て、貴女が裏で手を回しているのだろうと思い至った。兄は貴女が生きていることに、五年も気付かなかったがな」

行方不明の注釈付きで、私が当主として記載されていたからですね。

「リーベル伯は、貴族年鑑を見ていなかった？」

「いや、兄はあの貴族年鑑の『所在確認中』の表記を見て、領地を乗っ取られたくなくて行政所の者達がそう偽装している、と思っていたのだ。兄の目からは私は真面目に当主業務をしていたように見えていた。商会を通じて領が発展していて『いい形で子爵領を併合できそうだ』と言っていたからな」

エーベルトは、その兄を鼻で笑うような表情をして、話を続けます。

「私の実際は、決済書類はそのまま決済して、それ以外に回ってきた書類は保管庫に置いていただけだ。だが……五年前、商会が訴訟を起こされただろう。商務省での審議の時に、貴女も出席していた記録があった。あれで、兄は貴女が生きていることに気が付いた」

副商会長には荷が重いということで、私が出席せざるを得なかった審議です。

「だからそれ以降、子爵家の力を削ぐために、巨額の資金拠出の要求を……。ちなみにそれ以前からも、リーベル伯やアレイダ様への資金拠出の要求があったのですが、貴方には、それは止められなかったのですか？」

「アレイダの分は、どこからか完成した書類を彼女が持ってきて、私に印璽を押すよう迫った。それは流石に抵抗したが、彼女は使用人達と結託して私を押さえつけ、暴力を振るい、無理矢理印璽を押させた。それが何度か続いたあと、そのうち彼女が書類を持ってくることがなくなった。それは直接行政所に持ち込まれたようだな。そうして得た資金を、彼女は全て自分の贅沢に使ってしまったようだ。……彼女を止められず申し訳なかった」

エーベルトが頭を下げます。

「……全く責任がなかったとは申せませんが、貴方にはアレイダ様を止められなかったことは理解しました。それ以外の分はどうだったのでしょう」

「兄が私に渡した当主代理の印璽が元々偽造だったのか、知らない間に複製を取られたのかもわからないが……それ以外の分は、直接兄の手の者が行政所に持ち込んでいたようだ。誓って言うが、そこに私が関与したことは一度もない」

リーベル伯へ渡った資金提供は、全てリーベル伯が手を回していたのですか。当主代理の印璽の偽造または詐取という罪状が、伯爵に追加されそうですね。

「一度だけ王都に連れて行かれた時は、傍観する私を横に兄は競馬場で遊び、更に家を買っていたが、あれが全部子爵家の資金で、家も子爵家名義だと知ったのも、決算書の書面だった。あの資金を返すにせよ、家を売るにせよ、伝手もない私には、何もできなかった」

「やむを得ない状況ではあったと思います」

私がそう言いますが、エーベルトは首を振ります。

「しかし、こんなことといくら言っても言い訳にならん。兄やアレイダの横暴を止められず、結果的に彼らに好き勝手にさせてしまったことについての責任が、私にあるのは間違いない。なるべく貴女や子爵家に損害にならないように、私の介在でより悪くならないようにしていたが、私の力不足もあっただろう。それで罪を逃れるつもりはない。アレイダも重い罪を問われるだろう。ただ……メラニーのことだけが、心残りだ」

止めることはできなかったけど、より悪くならないように、ですか。

「メラニー様については、ご心配には及びません。直接話を伺いましたが、私もあの方に責を負わせるつもりはありません。騎士団による捜査の結果も、そのように出ています」

はっと、エーベルトは顔を上げます。

「メラニーは、貴女に責められることを覚悟していた。学院の卒業資格の返上を申し出るつもりだと言っていたが……」

「学院の卒業資格も返上しなくてもいいし、今までの弁済も不要と伝えています。あの方が貴族として生きていくのは厳しいですが、心を寄せ合うヨーゼフ様のお支えもあるでしょう。あのお二人なら、大丈夫だと思います」

それを聞いたエーベルトは、初めて安堵した表情を見せます。

「そうか、そうか……貴女の寛大さに、感謝する」

エーベルトは目を伏せます。その頬に、一筋の涙が流れます。


しばらくして、エーベルトが落ち着くのを待ってから、私から質問をします。

「私から聞きたいことがありますので、お答え頂けますか」

エーベルトが顔を上げます。

「何だろうか」

「まず、伯爵が子爵領の資金と名義でタウンハウスを買い、王都での根城にしていたようですすけど、そこに客人を招いたりしていたという話はありますか？」

「直接兄に聞いたことはないから、確かなことはわからない。だが、王都の邸宅の物品購入の明細を見る限り、明らかに兄の好みではない『アルヴァント』という銘柄の高級ワインがよく混じっていた。兄はどちらかと言うと、量を飲めるもう少し安いワインの方が好みだったはずだ。だから、そのワインを好む同じ客人を度々招いていた可能性があるな」

『アルヴァント』というと、割と生産量が少ない、希少性の高い銘柄だったはずです。それこそ高位の貴族でもなかなか口にできない、と言われるくらいには。

あの邸で使われていた金額明細の中に、そんな名前があったような気がしますが、詳しく見ていませんでしたね。後で私も確かめてみましょう。

ということは、招かれていたのは――。

「なるほど、有難うございます。あと、そろそろ本題に入りませんか？　貴方の昔語りのために、私との面会を求めたわけではないでしょう？」

そろそろ核心に踏み入りましょう。

「そうだな。そこは避けて通れないな。……あの式のことは、他には貴女はどこまで知っている？」

「それほど、大したことは」

顔を動かさずに目だけ後ろの人達の方を少し向いた後、膝の上に指で円を作ります。これで伝わりますか？

エーベルトは領いたあと、自分の膝の上に置いた手をちらと見てから話します。

「そうか。これからできるだけ話そう。いいか」

私は彼が見た手の指の動きを視界に入れながら、彼の言葉を聞き取ります。

多分、大丈夫。彼に領き返します。

「私はあの後、式で兄にしこたま飲まされ酩酊した状態で夜を迎えて、侍女のアンナに薬を飲まされても酩酊《めいてい》が直らずに、恐らくそのままことに及んだらしい。そのまま、気付いたらヘルミーナは子爵領に帰った後だった。何か無礼をしなかったか気になっていたが、彼女はもう墓の下だ。誰にもわからん」

エーベルトの話の内容と指の動きとを考え合わせ、彼の当時の状況と認識を理解しました。話だけを聞いている立会人にはわからないよう、上手く言葉を選んでくれているようです。

「それで、そのことで母に謝りたかったと？」

「私が謝りたかったのは、彼女と貴女の両方だ。私の不甲斐なさで、彼女と貴女の両方を傷つけてしまった。貴女を助けようと努めていた理由は、貴女の母や貴女への負い目からでしかない。碌《ろく》でもないが父親だから、助ける方法はもう少し他にあったのかもしれない」

……エーベルトが話した言葉、そしてその指の動きで伝えるメッセージ。

彼は、彼から見た事実を私に伝えながら、私と子爵家の名誉を守ろうと、この面談を求めたのですね。

大丈夫です、私に貴方の思いは伝わりました。

頷いて、エーベルトに返答します。

「いえ、私を守ろうとして下さっていたことはよくわかりました。私には祖父以外に私に配慮してくれる血縁の男性は居なかったので……最後ですが、こう呼ばせて下さい」

私は席を立ち、父へ深く頭を下げます。

「お父様。貴方なりの、私や母への心遣いには感謝します。……もう会うこともないと思いますが、お父様もお元気で」

「……こんな私を、父と呼んでくれるか。有難う。貴女の壮健と活躍を祈る」

父も私に頭を下げます。

しばらく頭を下げた後、私は踵《きびす》を返し、そのまま振り返らずに特別面会室を後にしました。

◇　◇　◇

第三騎士団本部からタウンハウスに帰り、執務室で仕事をしていると、夕刻に第三騎士団から届け物がありました。一旦子爵家所有の物だけ梱包し、送ってくれたようです。

受け取りに立ち会ったオリヴァーによると、使者は目録と現物を置いて、早々に去っていったとのことです。騎士団も忙しいのかなと思いつつ受け取った目録を見ると、品物が六点とあります。気になったので、現物を持ってこさせます。五点は私が指定したものですが、もう一点、綺麗に包装された小箱があり、それに二つ折りのメッセージカードが添付されていました。

嫌な予感がしつつ、メッセージカードを開きます。

イルムヒルトへ

折角君のために誂えた指輪なのに、持って帰ってくれないと困るよ。是非身に着けてほしいね。今度遊びに行こうよ。

W

直感的に理解しました。

「やっぱり『アレ』からかぁぁぁぁぁぁぁぁぁ！！！！！！！」

全身鳥肌が立ち、思わず箱とメッセージカードを床に叩きつけます。

突然大声で叫んだ私に驚いたのか、部屋の外からオリヴァーが駆けつけてきます。

「ど、どうしたのですか、当主様」

「その箱とカードは碌でもない代物だから、保管庫で厳重に保管しておいて！」

気持ち悪くて、身に着けるなんて論外だし、そうかと言って手離して足がついても困る、厄介な代物です。

『アレ』からというだけで嫌ですが、手放しても絶対足がつきそうです。

私の目が届かないように厳重に保管を頼みました。

リーベル伯爵が捕まったと思ったら、とうとう、私自身が『アレ』に目をつけられたというわけですか。


でも、あの時の無力な子供だった私、力のなかった子爵家ではありません。今の私達の武器になる物は育ってきています。

母を殺したゲオルグ、そしてその向こうに居る『アレ』に、必ず目に物見せてやります。私は改めて、奴らへの復讐を心に誓いました。

閑話一　バーデンフェルト侯爵の交渉

～私など、まだまだ雛鳥だよ～

私はバーデンフェルト侯爵当主クリストフ。

当家は代々続く領地持ち貴族なのだが、学院入学後半年で書いた論文を見た前々代商務省長官に目をつけられ、長官の度重なる懇願により、学院卒業後から商務省に入省して長官補佐で働き始めた。今では長官職に就いている。

お陰で領地の方は妻や弟に任せっきりになってしまった。今では報告書の数字の上でしか、領地経営を窺い知ることができない。

長女のアレクシアは、頭の良さは私譲りだと家庭教師達が絶賛したが、それがどこから漏れたのか、第二王子の婚約者候補として選ばれてしまった。ただ娘は気の弱さが玉に瑕《きず》で、他の候補も優秀な子女達ばかりだったので、選ばれないと思っていた。

しかし蓋を開けたら、候補の中で娘の聡明さは他を凌ぎ、それを王妃が気に入ってしまい結局婚約者となった。

娘は殿下の婚約者という立場よりも、付随して得られる勉強の機会の方が嬉しいらしい。殿下は若干怠け癖が気になるが、悪い人ではないとのことだった。

折角選ばれた以上、信頼関係をちゃんと築いていってほしい。


ある日商務省で、貴族当主の女性から面会申請があると、私の補佐官が報告した。内容は新規事業立ち上げについての法的問題の確認とのこと。

「それなら一般省員でも充分ではないか？」

「最初は二年目の一般省員が応対しました。しかし内容が非常に高度で、分野が多岐にわたり、また省員の対応の不味さもあって、上司、専門部門の担当官、部門統括と、次々にあの方に返り討ちに遭ってしまいました。誰もあの方の話についていけない様子でしたので、私の責任で長官と直接面会して頂く手配をしました」

事情を把握した補佐官の説明を聞く限り、なかなか強敵らしい。

「貴族当主の女性か……。彼女はどんな方なのだ？」

「……先入観を持つと危険ですから、敢えて申し上げません」

補佐官に伏せられたので、結局どんな人物なのかはわからなかった。

さぞかし強敵の面会相手は老練な年配女性だろうが、どこの貴族家当主にそんな女性が居ただろうか？

そう思って、翌日長官室で待っていたら……面談時間に入ってきたのは、侍女の押す車椅子に乗った、七、八歳くらいの女の子。

どんな相手なのかを、補佐官が伏せた理由が何となくわかった。

……子供と見て舐めて掛かると痛い目に遭うということか。

それが、リッペンクロック子爵家当主、イルムヒルト嬢との初対面だった。

これからの事業構想のためで、あまり周りに知られたくないということだったので、補佐官と彼女の侍女以外を人払いして、彼女と面談に臨んだ。

彼女のあの小さい頭の中に斬新な事業構想が七つくらいあって、それぞれ想定される問題と法的対処について議論を交わした。

彼女は当主になったばかりと言うが、彼女は領地の抱える問題、事情についてかなり詳しい。それでいてあの歳で、法律もかなり勉強している。彼女は一体何歳から領を見て回って、領地の問題と向き合っているのだろうか。

一方、ずっと領地に居たためか、逆に王都の事情、特に貴族家や商家層や、王都で業界を寡占する組合の実態などはあまり詳しくない。

議論の中では私や補佐官がそこを補っていたが、彼女はそれを会話の中ですぐに吸収し、またそれで想定される事態を思いつき、法的対処を検討して、と非常に速いペースで私と彼女で議論が進む。

非常に聡明な彼女との議論は久々に楽しくなり、面談は予定を大幅に超過して四時間にも及んでしまった。

しかも気付けば、つい職務を超えた個人的な助言まで彼女に与えていた。

彼女の事業構想が風穴を開けようとするのは、どこも停滞感が漂う業界だ。何故そんなところを狙うかと訊くと、そういう業界にこそ大きな事業機会があり、機会を活かして大きく成長する事業を通して領や商会で働く皆を元気にしたい、とのこと。

長らく自然災害や隣接領の貴族の妨害、野盗集団などの被害に遭って領地が衰退しており、大きな事業で一気に回復に持っていきたいということのようだ。

頼れる人は居ないのかと聞くと、家族を全員失ってしまい、自分しかいないらしい。何か色々事情がありそうだ。

それにしても、彼女はとにかく恐ろしく頭が回るし、既存の常識に囚われない着眼点も、私利私欲でないのもいい。話していると大人を相手にしている錯覚すらある。

彼女はいずれ、何か——とてつもなく大きなことをやってくれそうだ。そんな予感を彼女には感じる。

こういう直感は大事にした方がいいと思った私は、困ったことがあったら連絡するよう伝え、個人的に連絡先を交換した。

会談を終え、彼女が退室した後、補佐官は死に体になっていた。

彼女と私の議論がどんどん先に進んで、半分以上ついていけなかったらしい。

「しっかりしろ。あれでもまだ発展途上だ、お前が長官になる頃にはもっと手強いぞ」

補佐官に発破を掛ける。

「では、彼女の引退まで長官が現役でいて下さい」

補佐官はそうぼやくが、無茶を言うな。


彼女は当主になったばかりということだったが、色々事情がありそうだったので、貴族省長官に相談した。

貴族省長官によると、今では彼女が子爵家唯一の血統保持者だという。出先で事故に遭って先代と家族を亡くし、自分も大怪我を負った途端に、血統外の係累——別居していた先代の婿養子が領主館を占拠し、当主代理を自称した。

その係累に子爵家が乗っ取られないように、事故の怪我が癒えていないにも拘らず、無理をして王都に来て、貴族省で彼女は当主就任の手続きをした。

それが今回の経緯だと貴族省長官は言う。

彼女がそんな状況で社交などできるわけもなく、当面の間は貴族省の保護下で身を隠して活動するので、連絡先を漏らさないでほしいとのこと。

そんな事情を聞いた後、商務省で彼女のことに関して箝口令を徹底させた。

彼女とは、あの後年一回のペースで法律相談の場を設けた。初回のことがあったからか、彼女が来ると、本来の手続きを色々飛ばして私のところに直接面談申請が回ってくる。私以外の省の職員では誰も彼女の相手ができないと言うのが、省内の共通認識になってしまったらしい。

二回目以降は、彼女は普通に歩けるようになっていた。相変わらず同年代の中でも背は低いままだったが、容貌は小さな女の子から少女へと年々変わっていった。私には娘はアレクシアしかいないが、もう一人の娘の成長を見ているかのような気分になる。

◇　◇　◇

娘が学院に入ってから、段々第二王子殿下との交流が上手くいかなくなっていると妻から聞かされた。婚約当初から殿下の怠け癖はあったそうだが、年々悪化の一途を辿っているらしい。

王族教育の進捗も殿下と娘との差は歴然としていて、出来の差に何かを拗らせた殿下は、娘の諫めなど聞かないとのこと。逆に気の弱い娘を怒鳴りつけ、黙らせている始末らしい。

挙げ句の果てに、付けられた側近にも一部見限られ始め、辞退する者も出始めたそうだ。

第二王妃殿下からは『もっと第二王子殿下を操縦しろ』と言われているらしいが、それ以前に王族側でまず殿下を叩き直せと言いたい。婚約者に選んだ時に娘の押しの弱さは織り込み済みだったはずだ。

これは何とかしないと、と思っていると、年一回の子爵との面会予定日になっていた。

議論の合間のティーブレイクで、子爵から相談があった。

「あの、侯爵様。ご存じなら教えて頂きたいのですが、学院に通わずに、籍だけ置くことは可能でしょうか」

彼女が私を侯爵と呼ぶのは、職務を離れた相談の時だ。

職務上の話の時は長官と呼ぶので、彼女はちゃんと公私を分けていることが窺える。

「そうだな……。例えば王族なら、王宮内で王族教育もあるから、王太子殿下も学院の寮には入らず通いで学ばれた例もある。ちなみに、籍だけ置いてどうするのだ？」

「えっと、理由を申し上げることはできませんが……。ある方に対する、一種の生存証明のようなものです」

詳しくは聞くな、ということか。

「昔の学院ならともかく、今の学院長は、女性が領地経営を学べるよう力を尽くされた方でもあるし、柔軟な考えをお持ちだ。後ろ盾となってくれる者と共に、学院長に相談したらいいと思う。あるいは私がその役になってもいい」

後ろ盾を申し出たが、彼女は首を振った。

「申し出はとても有難いです。ですが、まずは貴族省長官と相談します。あちらの方が、私が身を隠している経緯に詳しいですから」

そういう事情なら、貴族省長官と相談してからの方がいいだろう。

「そうか。それなら構わないが、他に私が力になれることがあれば相談してくれ。代わりにといっては何だが……私も、君に相談がある。実は、娘の友人のことなのだが、私よりも年代の近い君から、もう少しいいアドバイスが貰えないかと思ってね」

「私でわかることでしたら」

思いつきだったが、私は個人情報を伏せて、娘の件を相談することにした。

「娘の友人が、婚約者と揉めていてね。その友人は相手の家での教育を熱心に受けているのだが、肝心の婚約者が怠けて、頻繁に抜け出してどこかに行ってしまうそうだ」

娘は本当に真面目に取り組んでいるのに、本当にあの殿下ときたら。

「その友人の方が、相手の家人からもっと婚約者の手綱を握るように言われているのだが、その友人は気が弱くて、なかなか婚約者を止められないそうだ。どうしたらいいのか娘に相談があったが、娘にもわからなくて、私のところまで相談が来ている。どうしたらいいものかとね」

子爵は、私の話を聞いて考え込む。

「そうですね……。多分、その婚約者は碌《ろく》なことをしていないと思いますが、まず相手が怠けて何をしているか、調べてみました？」

「いや……。学院生にも拘らず、時々王都に遊びに出ているらしいが……それをどうやって調べればいいのかわからない、とその友人と親は言っていた」

学院の近くで張って、後を付けさせるような、そんな調査専門の人員には伝手がない。

「多分相手は目立つ方でしょうし、噂に詳しい人——例えば侯爵様の場合ですと、省内で王都に外出する部門の人などから、市中でよく聞く噂を拾ってみるところから始めたらいいと思います。職務の範囲内で上手く省内の人を使うといいですよ」

子爵にはそのように返された。

思わずなるほどと頷きかけてしまった。娘の友人という建前だったのに。

彼女には、娘と殿下のことだと見抜かれているな。


娘が最終学年に上がり、子爵が学院に籍を置いた頃。

娘が何やら興奮した表情で私に相談を持ち掛けてきた。

「王族教育で下位貴族家の決算報告を見ていたのですが、女性当主が数年前に就任してから領地の発展が目覚ましい、ある子爵領の報告書が目についたのです。そこでその当主の方……リッペンクロック子爵を、学院で領地経営を学ぶ女生徒達の勉強会に、講師としてお招きしたいと思っています」

それは、どう考えてもあの彼女のことだろう。

「父上はそのお方に何か伝手はないでしょうか」

私が子爵と繋ぎを取れないか、ということか。

「その方とは、何年も仕事でお会いしている。私から訊いてみてもいい。ただ多忙な人だから、駄目で元々だと思ってほしいが、それでも構わないか？」

私が彼女に当たってみることを話すと、見るからに喜色を浮かべた。

「はい、それではお願いできますでしょうか。私からも手紙を書きますので、同封してお送り頂ければ有難いです。ところで、報告書には詳しく書かれていなかったのですが、その方はどんな方なのですか。お若い女性の方だという印象だったのですが」

その娘の質問で、私の初対面の時を思い出す。

あれから大きくなってはいるのだが、変に情報を与えない方がいいだろう。

「……変な先入観を持たない方がいいから、自分でお会いした時に為人《ひととなり》を判断しなさい」

とだけ、娘には言っておいた。

子爵に手紙で連絡を取ってみると、二か月後に王都に来る所用があり、この日だったら、と文中で日付指定されて回答があった。それまでの調整は学院長を通して連絡を取り合うことの他、年齢や外見などの情報は本人達に伏せ、変な先入観を与えないことは子爵からもお願いされた。

応じてもらえたことを伝えると、娘は喜びに狂喜乱舞した。

準備に励む娘のやる気がいつもと違うので、よほど楽しみらしい。

当日子爵が学院を訪問した際、娘は子爵の見た目と経歴との差異だけではなく、視野の広さや頭の回転の速さ、行動力など、色々衝撃を受けたらしい。

娘は、自分の小ささを思い知らされた、と言っていた。

しかし、あの子爵に惚れ込んだ娘は年下の子爵に拝み倒したらしい。年内にあと二回の講義を了承されたと聞いた時は、良かったなと思ったが。

『あの方と友人になることができました』と話した娘に、今度は私が驚いた。

あの、初日の面会時に商務省の者達を返り討ちにし、省員達に恐れられているあの子爵が、アレクシアの友人に？

——そういえば、私や妻が何度も出した娘の家庭教師の依頼を断り続ける、気難しい学者がいた。その彼に娘が直接会って拝み倒し、結局親身になって教えてもらえた、といったことが過去に何度もあった。

あの子爵も絆されるとは。娘は天性の人誑しか。

それからは娘のお陰もあり、例年の法律相談以上に子爵と会う機会が増えた。子爵が王都に来る機会が増えたからで、それでも大半は仕事だった。だがあの忙しい子爵が一度娘の招待で屋敷を訪れ、私達家族と一緒に夕食会になった時は驚いた。

殿下の振る舞いがますます酷くなり、王妃殿下にも指摘され落ち込んでいた娘だったが、子爵に叱咤されて一皮剝けた。それからは押しの弱さが影を潜めて逞しさが出てきたのはいい傾向だ。

そこから娘は自分で殿下の動向を積極的に調べ始め、競馬場で遊んでいるらしいことを掴んだ。

相談された私も協力して、殿下達が婚約者への贈り物を質に流して得た金を元手にしていることを突き止めた。

眼鏡《ウェルナー》は殿下と一緒に遊んでいるらしい。

大男《リッカルト》は護衛に徹していて、殿下や眼鏡と迎合はしていないらしく、まだ真面《まとも》だ。

優男《ヨーゼフ》は殿下達と行動を共にせず彼女と王都でデート三昧。殿下より彼女を優先する側近ってどうなのか。

ただ、質流しで得た金額と、競馬場で使った金額とにかなり差がありそうだ。

残りの金の用途は凡《おおよ》そ予想がついたので、娘には残りの調査から手を引かせた。

そこは調査の伝手がない場所だったので子爵に相談すると――子爵の年齢を考えると彼女に相談する話ではなかったのだが、他に伝手はなかった――彼女が手を貸してくれた。

調査の結果は予想通り、殿下と眼鏡は色町で派手に遊んでいると判明。

調査できるのはここまでかと思ったら、予想以上に子爵の手の者は腕利きらしく、色町での動向まで調べてくれた。

最初は高級店を渡り歩いていたが、店側に『教養も話術もない猿』と見做された二人は高級店から追い出され始め、最後に行きついた店でも金蔓扱いだと。

一方大男はいつも色町の外で二人を待っているらしい。あそこは自警団もいるし明らかに護衛とわかる奴は色町側が入れさせないだろう。

競馬場までの内容は娘に報告書へ纏めさせ、卒業パーティーの後にでも殿下に叩きつけろと指示した。

その後のことは流石に娘に知らせるわけにはいかず、私が子爵の調査結果を纏めていたが、ある日商務省で、子爵が急ぎで面会を求めてきた。

彼女のただならぬ様子に、私が補佐官含めて全員人払いすると、子爵は黙って一枚の書面を私の前に出す。何も口に出すなということか。書面に目を落とすと、こんなことが記載されていた。

・殿下を調査中、手の者が、明らかに腕利きの別系統の諜報員を五人ほど発見。手の者を追加し、その別系統の諜報員の調査に充てる
・その別系統の諜報員は直接的な殿下への関与はしていないが、殿下に近づく人を尾行追跡し、素性を確認している模様
・また一部の諜報員は、王宮方面と行き来していることがある

私は文面を見て驚愕した——これは、どう見ても殿下の裏の護衛だろう。

しかし、探られる奴らが下手なのか、子爵の手の者が超優秀なのか、どちらだ。

要は、第二王子の動向を王家も把握しているというわけだ。

子爵は声に出さず、手振りで書面を差し上げると示すので、書面を自分の鞄に仕舞うと子爵は礼をして去っていった。

書面に子爵のことは書いてないから、私が調べたことにして使えということか。

娘は卒業パーティーに子爵を招待し、パーティー後に子爵の協力で殿下を糾弾する手筈を整えていたが、まさかのパーティー中に殿下が子爵を呼び出し糾弾した。

子爵は殿下を返り討ちにし、ついでにその場で娘が殿下の所業を糾弾したが、返り討ちの過程で子爵が自ら当主だと、公衆の面前で証明せざるを得なくなった。

子爵家乗っ取り犯を拘束するように裏で動いていたのは驚いたが、殿下のせいで子爵が別の窮地に立たされてしまったのは割に合わない。

これは私にも責任がある。帰って家族と相談しなければ。

パーティーの後に王太子殿下に呼ばれて、殿下の所業について説明を求められたが、一々説明するのも時間の無駄だと思ったので、用意していた報告書を提出し早々に退出した。

どうせ処分はすぐには決まらない。

それにあの殿下から、パーティーの場での謝罪もなかったのだ。王太子に怒られてから謝罪するのも見たくなかった。

パーティーの翌日、リーベル伯爵による子爵家乗っ取り容疑の件で緊急閣議が招集され、私も王宮に向かった。

貴族家の乗っ取り事案は重い。通常なら陛下を捜査の最高責任者に置くが、リーベル伯爵は学院時代からの国王陛下の友人だったはずだ。今回は陛下を捜査の最高責任者に置くと忖度が働く可能性がある。皆それは避けるだろう。

今回の緊急閣議は案の定、王太子殿下の下で開催され、メンバーは殿下の他は宰相、各省長官、各騎士団長。王太子殿下が最初から陛下を含めなかったか。

結局、捜査責任者を王太子殿下、宰相を補佐とすることに決定。二日後に関係省庁の長官を招集して子爵からの聞き取りを行うと通達があり、そこで緊急閣議は解散となった。

聞き取りの場で子爵から語られた内容は衝撃だった。あの初対面の七～八歳当時で、これだけの物を抱えていたのか。横を見ると貴族省長官も同じことを思ったのだろう、真っ青になっている。

当時聞いた状況は実際とは違っていたが、当時彼女が正直に話したところで、彼女の証言だけでは裏付けが充分に取れなかったはずだ。

結局立件できず、子供だからと周囲の大人から宥めすかして誤魔化そうとされた可能性は高い。

そうして彼女は保護観察下に置かれ、伯爵が立てた当主代理が成果を出し、領が乗っ取られる
——当時から非常に聡明だった彼女なら、そこまで想定したはずだ。

伯爵の乗っ取りのことや家族の惨殺の件は伏せ、自分の身を隠しながら当主として実績を積み、着々と伯爵を告発する準備を整える——血筋と領地を守るための、当時の彼女が取れる恐らく唯一の方法だっただろう。それを考えついたのも実行できたのも、彼女の非凡な聡明さと忍耐力、実行力の賜物だ。

一体どんな教育をすれば、七、八歳であんなに領地経営や事業経営に卓越できるのだろうか。興味はあるが子爵もそれは語らないだろう。

本人に何か非常な覚悟がないと、どんな教育をしても彼女のようにはならない。

そこに土足で踏み入ってはいけない。そんな気がする。


子爵への聞き取り後、私と子爵だけ部屋に残ると、子爵が目配せする。

何か内密にしたい話があるのか。

「これを」と、子爵が私の手にこっそりメモを握らせてくる。

一瞥して中身を目に焼きつけたらすぐ懐に仕舞い、一瞬目を閉じて内容を反芻する。

——妊娠初期の女を保護しました——

またこれは、とんでもない情報を持ってきたな。

「これも？（向こうは知っているのか）」

「（知っている可能性は）あり得ます」

この話題はこれで打ち切り、後は普通に子爵と話す。

この一年、娘に目を掛けてくれたことに感謝を述べたら、娘に目を掛けてくれ、友人になった理由が、まさかの『学院生が羨ましくて』とは……。

いや、そうだ、まだ子爵は十六歳だった。人並みに学院生活を楽しんでもいい年頃だ。

学院に通えば、子爵には有象無象の社交を断る口実もできるし、何より本人は内心学院生活に憧れがあるようだ。

今の子爵の窮地には私にも責任がある。ここは娘への叱咤のお返しに、本人の学院に通いたい気持ちを煽っておこう。


王太子殿下が戻り、第二王子殿下の処罰と補償の話——だと思ったら、まだ何も決まってないとは。アレクシアの件はまだいい。そんなにすぐに決まるとは思っていなかった。

だが子爵の方は駄目だろう。子爵は現在進行形で窮地の只中にいる。王太子殿下は気付いていないのか？

そういえば、先ほどの聞き取りの最後、殿下は呑気なことを言っていたな。

あの時子爵は謝意を述べていたが、あれは内心、相当怒っていたはずだ。

子爵に目配せし、遠慮なく行けと促す。

案の定、子爵は金銭補償を要求。当然だ。領地加増とか昇爵とかされても、周りの貴族達からすれば旨味が増すだけで、却って火に油を注ぐだけだ。


子爵が退室し、私と王太子殿下だけとなった。今度は私の番だ。

問題は、王族内で意見がどう割れているかだ。これがわかれば、裏の護衛から得た情報を誰が握り潰しているかがわかる。

十中八九、陛下だろうとは思う。

「王太子殿下、単刀直入にお聞きします。今回の件、厳しい処分に反対しているのは、国王陛下ですか？」

王太子殿下は目を逸らして答えます。

「……義母上もだ。私とツィツィーリエは厳しい処分を要求している。私の妻は……参加していない」

やはりか。厳罰に賛成は目の前の王太子殿下と、ツィツィーリエ第二王女殿下。

反対は陛下と第二王妃殿下。

ベアトリクス第一王女殿下は既に嫁いだ。

コンスタンツェ王太子妃殿下は大事な時期なので重い会議には参加しない。

ということは、情報を握り潰しているのはやはり陛下と見た。

厳罰を求める私としては、この王族の割れ方は分が悪い。であれば王太子に武器を渡し、ひっくり返してもらうしかない。

「ちなみに王太子殿下が挙げていた処分内容は何ですか？」

「アレクシア嬢との婚約の白紙化と、エドゥアルトの数年間の辺境での開拓作業従事といったところだ。ツィツィーリエもそう変わらない」

あの最後の情報を知った今では、それでも甘いと思う。

「恐らく陛下は、開拓作業の従事には反対しなかったでしょう。陛下は期限付きを提案したでしょうし、第二王妃殿下は開拓作業にも反対したと思いますがね。それで、婚約白紙ではなく解消とか婚姻延期とか、そういった方向で妥協点を探っていた。違いますか？」

「……その通りだ。私と妹の意見は、婚約白紙は最低限だと思っているが、陛下も王妃も頑として頷かなかった」

溜息をついて、私の認識を話す。

「私から言わせれば、婚約白紙以外の処分案も甘過ぎます」

厳しい目を、王太子殿下に向けながら続ける。

「こんな程度でエドゥアルト《馬鹿》殿下が矯正できるなら、娘や元側近達は苦労していません。今まで何度、娘があの殿下の傲慢さや、思慮の足りなさ、怠け癖を指摘したと思いますか。何故王族内で、特に母親である第二王妃が殿下の矯正を行わずに、全て娘に責任を負わせようとしました?」

あの殿下、当初六人いた側近候補が、既に三人も離れているのだ。

その分、アレクシアにその責を負わせてきたことをわかっているのか。

「エドゥアルト《馬鹿》殿下は、甘やかす第二王妃から引き離さないといけないと思いますよ。処分中に彼が本領を発揮したら、今度は誰かの首が物理的に飛ぶことになりかねません」

「っ……!」

その甘さが王家に仕える者達を犠牲にするのだ。王家の者にはそれがわからないのか。

あと、もう私にはエドゥアルト《馬鹿》殿下に払う敬意はない。

何も言い返さないならこれで通させてもらう。

「先日提出したレポートの通り、陛下は恐らく、あの殿下が何をしていたのか把握しているはずです。にも拘わらず放置した結果があれです。恐らく陛下は、適当な処分で誤魔化した後でエドゥアルト《馬鹿》殿下を私と娘に押しつけるつもりです。このままでは、婚約解消に頷くはずがありません」

「……そうかもしれない」

ここでもう一つ、釘を刺しておこうか。

「ちなみに先の聞き取りで、子爵が諜報の手を持っていることをご存じですよね。市井の噂話を拾うのも上手いですから、競馬場での散財とか、色町の件とか、子爵も全て知っていましたよ」

「な、なに！」

競馬場の件は娘が突き止めたが、色町の件は殆ど子爵の手による調査だとは言えない。

「色町の件を知っているのは、王家と我々だけではないのです。子爵には口止めしていますがね。市井にも知る者はいるでしょうし、話が広がるのを、いつまで止めておけるか」

「！！！」

軽い処分になったら、王家の醜聞が広まるぞ、と釘を刺す。

しかも市井で、だ。

子爵は当初、全部私に任せるつもりだったらしい。

しかし、子爵がこの内容を事前に知っている理由があった方がいいことと、軽い処分が出た時に子爵に市井で噂を広めてほしいと思ったので、子爵の名前を出すことを事前に許可を貰った。

「……侯爵の要求は何だ」

これでようやく、条件闘争に入れるな。

「先日のパーティー後の話し合いの時に、文書で出すと言っていましたね。こちらが、その文書です。ご確認を」

そう言って懐から封筒を出して差し出し、殿下が確認する。

記載されているこちらからの要求は以下の通りだ。
一、エドゥアルト殿下とアレクシアの婚約白紙。
一、アレクシアが仕えていた期間に対する金銭補償。
一、アレクシアおよび当家が被った物理的、精神的被害に対する損害賠償。当家の物理的被害には、本件に係る調査費用、複数の服飾店との訴訟費用および補償に係る費用も含む。
なお、アレクシアの更なる婚約の斡旋《あっせん》は不要。


第二王子の質流しの件は、娘だけではなく私や妻、息子達や、領地に居る弟夫婦にまで影響が及んだ。今では誤解は解けたが、一時期出入り禁止にまでされた店もあったくらいだ。訴訟も起こされたし、火消しに多額の費用が掛かった。

婚約者を止められなかったと、アレクシアが謝罪で販売店を回ったのもある。

その辺りを纏めて、賠償請求額の算定書もつけている。

「婚約さえ白紙に戻して頂ければ、殿下の処分は王家の問題です。そこには私から口を出しませんが、国民の王家への信頼や、仕えている方々の命運がどうなるかは王家次第です。しかし、補償や損害賠償は違います。算定書をご確認下さい」

「……了解した。この方向で、最大限努力する」

最大限、努力だと？　何を言っている。

「ここに示したのは最低条件です。譲れません。……仕方ないですな。今一つ頼りない殿下にもう一つ武器を貸します。紙とペンをお願いできますか？」

「……わかった。ちょっと待て」

殿下に机から紙とペンを持ってこさせる。

私はそれに、子爵から先ほど齎《もたら》されたメッセージを書き、殿下に渡す。

殿下は一瞥し、慌ててそれを懐に仕舞う。

「……どこに」

「手の者が匿っています。家族はそれの存在すら知りません」

私もつい先ほど、子爵から知らされたのだから、当たり前だ。それでも万一の際の責任は私が取ることを覚悟し、おくびにも出さない。子爵に負担を掛けてはいけない。

「確かなのか」

「まあ、可能性の問題です」

具体的なことはまだ私も知らないから、そうとしか答えられない。

「言っておきますが、それは最終手段ですよ。いきなりカードを切らないで下さいね。で？　それなら、もぎ取れそうですか？」

「……必ず」

「いいでしょう。いい報告をお待ちしています」

手は尽くした。甚《はなは》だ遺憾《いかん》だが、後はこの頼りない殿下頼みだ。

「しかし、流石に俊英と言われた侯爵だ……容赦ないな」

殿下のぼやきに肩を竦め、そのまま殿下に一礼して部屋を後にする。

ほぼほぼ子爵の諜報に頼ってしまった私など、彼女に比べれば雛鳥だよ。

勘違いしている殿下には言わないがね。

閑話二　アレクシアの奮闘

～婚約白紙の顚末～


私アレクシアは、バーデンフェルト侯爵の長女です。

家族は父母と、弟が二人います。

お父様は学院時代から有能で知られていたようで、前々長官に是非にと請われ、学院を卒業後すぐ商務省で働くことになりました。お父様は、今は省の長官を務めています。

私はお父様のように国政に携わるよりも、小さい頃から領地経営の方に興味がありました。できれば領地を実際に運営している叔父のところで学びたかったのですが、優秀な家庭教師はやはり王都の方が多く、お父様が長官職だということもあり、領地に戻ることは少なかったです。

小さい頃から家庭教師の元で勉学に励んでいると、どこで王族の目に留まったのか、八歳の時にエドゥアルト第二王子殿下の婚約者に選ばれました。

陛下の他の王子王女――第一王子ヴェンツェル殿下、第一王女ベアトリクス殿下、第二王女ツィツィーリエ殿下のお三方は、先の王妃アナ＝マリア様からのお生まれです。

エドゥアルト殿下だけは、アナ＝マリア妃殿下ご逝去後に迎えられた第二王妃、ドロテーア様からのお生まれになります。

それでもエドゥアルト殿下は第二王子ですから、第一王子ヴェンツェル殿下に何かあった時の、いわばスペアの位置づけです。

ヴェンツェル殿下はエドゥアルト殿下の七歳上ですが、それでも立太子、ご成婚、そしてお子様がお生まれになり、エドゥアルト殿下がスペアの役割を終えるまでは長い期間がかかります。

その間も何かあった時のために王族教育は必要ですし、臣籍降下した場合も考えて領地経営の勉強も疎かにできません。

私にとってそれらの勉強は非常に有意義だったのですが……エドゥアルト殿下にとってはそうでもなく、むしろ勉強が苦手なようで、度々怠け癖が顔を出しておられました。

それでも当初は、婚約者の私への気遣いもあり、信頼を築こうという姿勢も好ましいものでしたので、怠け癖さえ直れば、と思っていたのですが……。

第二王妃殿下は私に対しては殿下の手綱を握れという割には、エドゥアルト殿下に対して、いつも甘や……お諫めは不十分でした。

ですから殿下と私が揃って学院に入学した頃には、二人の間に学習の度合い、質にも大分差がついてしまいました。

殿下につけられた側近の方々も散々お諫めしたのですが一向に直らず、側近を辞退される方が出始め、最初六人居た側近達も今では三人しか残っていません。

この頃には私と殿下の間は拗れてしまっており、婚約者としての交流も、段々と等閑《なおざり》にされ始めました。

生徒会などの自分が目立てる活動だけは真面目にされていたのですが、入学以前はあまり顔を出さなかった傲慢な面も見え始めました。時折その傲慢さによりトラブルも起こし始め、私が事態を収拾する羽目にもなり、どうしたものかと思っていました。

第二王妃殿下に相談しても、殿下を操縦するのは私の役目だと言われます。

本来なら母親である妃殿下から注意して頂きたいのですが、この妃殿下はことあるごとに私を叱責し、最初から私の意見を聞く気がないようです。

そんな環境では、エドゥアルト殿下は私の忠告には耳を貸しません。

このままでは、殿下に振り回され、仕事を押しつけられるばかりの未来しか見えません。


そうしているうちに最終学年になった頃、王族教育の一環として各領地の決算報告書を見ていたら、ある子爵領の決算報告書が目につきました。

新規の特産物開発や、その流通先の開拓、新規事業などが実を結び、現当主に交代してから急速に伸び始めているのがわかります。しかも現当主はまだ若い女性のようです。

そんな若い女性当主で、目覚ましい成果を挙げていらっしゃるお方が居ることに驚き、これは是非お話を伺いたいと思いました。

そこでお父様や学院長にも相談の上で、領地経営の実践についてご教授頂くため、件の領主の方をお招きすることになりました。

それがリッペンクロック子爵家当主、イルムヒルト様でした。

実績を考えて、若いといっても二十歳台後半くらいの方を想像していたのですが、お会いしてみると、まさかの二歳下の十五歳。一年生として学院に籍はありますが、当主実務の他にも事情があって学院には通っていないとのことです。

見た目は珍しい群青色の髪の、ほっそりした小柄で可愛らしい方で、とても辣腕の当主には見えません。

彼女に八歳の時にお母様と祖父母を事故で一度に亡くし、そこから当主として領地経営に奔走されていると聞き、衝撃を受けました。

「他に誰も居ませんから私がやるしかないでしょう。領民達のことを考えたら、他に選択肢がなかったのです」

そのようにご本人は謙遜されておられます。しかし、代官も置かず、八歳から当主として自ら領地経営を行って成果を挙げていくのは、並大抵のことではないのです。

あ、そういえば殿下の側近ヨーゼフ様がご卒業合いされている方って、メラニー・リッペンクロックと名乗っていらっしゃったはず。

彼女はイルムヒルト様と縁のある方なのでしょうか。

尋ねてみると、メラニー様は、亡くなったご家族とは別居していたお父様と、別の方の間で生まれた子供とのこと。お父様は事情があってお母様と結婚後も同居せず、お父様ともメラニー様とも会ったことがないとのこと。

お母様が先代当主だったということは、お父様は入り婿ってことでしょうか……お会いしたことがないというのも、複雑な事情だろうと思わせます。

でもメラニー様って私と同学年ではありませんでした？

外で作った子供の方が二歳年上って……おっと。これ以上、憶測だけでご家庭の事情に立ち入るのは止めましょう。


イルムヒルト様に領地経営の実際をご教授頂くと、驚きばかりでした。

自分の足で領地を回り領民の方々と話をして得た『地に足の着いた情報』と、商取引動向や国全体の動きなどの『大きな流れ』、それらをどう結びつけて領地に益を齎《もたら》すか、という内容で、イルムヒルト様が実際にご経験されたことを交えて教えて頂きました。

思えば高位貴族の領地経営は、地域ごとに置いた代官を通じた間接経営が一般的です。

そこでは『いかに報告書から実態を読み取るか』が重視されます。

王族教育でも『いかに大局的に物事を捉えるか』という視点が加わるくらいです。それはそれで、大事なのですが。

侯爵家の場合は領地が広大で、自分で全て見て回って情報を得るのは現実的ではなく、下位貴族家だからできるのかもしれません。

それでも、自分の目で確かめた情報があるとないとでは、領地経営の実務の内容は大きく変わってくるでしょう。

女性の身で頻繁に領地を視察して回るのは困難ではあります。

馬車の運用もそうですし、女性の場合は特に護衛が多く必要でしょう。

ただ、自分の目で確かめるなんてできない、と思い込んで、最初からそういう考えが抜け落ちていた私には目から鱗でした。

どうしてそれだけの広い視野と情報網をお持ちなのかと伺うと、領地経営だけではなく、領地の事業を軌道に乗せるために商会を作ったり、市場調査などで王都に調査の手を伸ばしたりなど、色々手腕をお持ちのようです。

それも全て、イルムヒルト様が当主になってから手掛けたとのこと。

また、馬車で頻繁に領地を巡ったり、王都に度々出て来たりするのは大変ではないかと訊くと、彼女は馬車をあまり使わず、なんと自ら馬を駆られているそう。しかも日を跨ぐ場合は、護衛と共に野営も辞さないとのこと。

流石にこれは女性だけでなく、普通の貴族領主でもそうそう真似できません。

学院の成績も最上位の成績を挙げ、王族教育でも王妃様から褒められたりして、私もそれなりに自負はありました。

しかしそんな私など、王都で天狗になっていたに過ぎないことを自覚させられました。

自分の努力で駆け上っていらっしゃる彼女には、尊敬の念しか起こりません。

私と彼女の差は、一体どこにあるのでしょうか。

そんな彼女に感銘を受けた私は、今後もご教授頂きたいと思いました。

「イルムヒルト様、貴女の見識の深さ、行動力にはとても感銘しました。是非またお招きさせて下さい。貴重な当主様の時間を使わせて申し訳ありませんが、何卒、何卒宜しくお願い致します！」

私は前で手を組み、頭を下げ……師へ教えを乞う礼法で、彼女にお願い申し上げました。

「そ、そんな！　第二王子殿下の婚約者ともあろう方が、そこまでされなくても！」

と大変恐縮していらっしゃいましたが、私にはそれくらいの方だと思います。

「また久々に、アレクシア様の悪い癖が出ましたわね」

ちょっと、クリスティーナ様、聞こえておりますわよ！

「そんな、私如きに師と仰ぐようにされても、困ってしまいます。どうか頭をお上げ下さい！」

イルムヒルト様が、とても焦っておられます。

ですが私が師と仰ごうと決めたお方ですから、師への礼をしたまま、お答えをお待ちします。

「ええと……そうですね、また折を見て、こちらからもお声がけさせて頂きますから、再度の講義については相談させて下さい」

「それは、有難うございます。講義の日程については、ご連絡を頂いてから調整致しましょう」

私は礼をしたまま返答します。まだ、師と仰ぐことについて是非のお答えを頂いておりません。ですからまだ、頭を上げるわけには参りません。

「まだ頭を上げて下さいませんか……でしたら、ええと……」

イルムヒルト様は、まだ困っておいでのようですが、このまま返答をお待ちします。

「え、ええと……あの、私は今まで当主実務に専念していましたので、逆に社交のことも知りませんし、友人と呼べる方も居ないのです。私としては、師弟の間柄ではなく……アレクシア様におかれましては、ええと、師に仰がれるよりも、友人となって頂ける方が有難いです」

イルムヒルト様からのしどろもどろなご返答に、驚いて顔を上げます。

言われてみれば、僅か八歳の頃から当主として立たれているこのお方には、親しく社交できる貴族家は殆どないことでしょう。まして友人と呼べる方は、居られないかもしれません。

ひょっとしたら、初めての友人ということになるのでしょうか。

だとすれば、こんなに光栄なことはありません！

「まあ！　私がイルムヒルト様の友人にだなんて、とても嬉しいです！　有難うございます！」

イルムヒルト様の、そんな思ってもない申し出にあまりに感激して、立ち上がり彼女の両手を掴みます。

そして私は嬉しさに涙を浮かべてしまい、更にイルムヒルト様を困惑させてしまいました。

「でしたら、折角ですので私とも友人になって頂きたく思いますわ」

「私もです！」

「私も是非！」

クリスティーナ様をはじめ、イルムヒルト様を招いた勉強会の皆様も、次々と友人になりたいと申し出ます。

そうしてイルムヒルト様は結局、勉強会の皆様全員と友人になりました。

「どうして、こうなったの……」

イルムヒルト様は戸惑い、何やら呟いておいでですが、私に友人となるご提案を頂いた以上、こうなることは必然です。

そうして友人関係になった私達は、色々なことを語り合い……イルムヒルト様も皆を受け入れてくれました。

その後、卒業までに年内に更に二回、イルムヒルト様にご教授頂く機会を得ました。

お話を伺っていると、平民の方々や貴族の男性との交渉の場では充分渡り合っておられますが、貴族のご夫人やご令嬢相手の、社交という腹の探り合いはどうも苦手なご様子。

普通は家庭教師から、令嬢教育の中で学ぶことが多いのですが、イルムヒルト様の場合、令嬢教育は「受けている余裕がなかったので、切り捨てました」とのこと。

そこで社交のやり方は、私達の方から実演を交えてお教えすることになりました。

「うわぁ……なんて面倒くさい」

と呟いておられましたが、社交の場では必須なので覚えて頂かなくてはね。


そんな折のこと、学院内で、殿下の側近ヨーゼフ様のご婚約者、メラニー様が青い髪の女生徒に度々襲われる件が起き始めました。殿下も私も調べてみたのですが、全く解決の糸口が見えません。

ある時、詳細を伏せて起きたことを説明し、イルムヒルト様にご相談しました。

「それは……害することより、青い髪の女性に罪を着せることが目的ではないでしょうか？」

そう彼女は仰いました。それを聞いて一瞬固まりましたが、ああ、言われてみたらそうかもしれない、と思えました。

でも青い髪の女性で、かつメラニー様の関係者で……もしかして本当に狙われているのって、イルムヒルト様ではないのでしょうか。だとすれば、何故イルムヒルト様が狙われるのでしょう。

今までに聞いた、イルムヒルト様とメラニー様お二人の周辺情報を思い浮かべます——メラニー様か、彼女に連なる誰かによる家の乗っ取り、あるいは取り潰しが狙いでしょうか？

そうか。ご本人は凄く立派に立ち回っていらっしゃいますが、傍から見ると、後ろ盾のない若い女性の当主で、しかも次の継承者が居られない。

ご本人を知らず、年齢などの一般的情報しか知らなければ、与しやすそうな相手に見えそうです。

メラニー様のことと共に、私の推測をお伝えします。

「……まさかとは思っていましたが、被害者はやはりメラニー様でしたか。でしたら、アレクシア様のご想像通り、私を犯人に仕立てようということなのでしょう」

やはりイルムヒルト様は、私の推測を肯定なさります。

「この件、私自身が当事者と判明したので、私の方でも調査し対応します。ただ、メラニー様が首謀者に加担する側かどうかわかりませんが、メラニー様ご自身への危害が実際に加えられることは恐らくないでしょう。念のため警戒は必要だと思いますが、当面は、このままにしておいて頂けますでしょうか。誰が実行犯か、動きを止められるとわからなくなりますので」

そのように彼女から頼まれました。

しかし、乗っ取りや取り潰しを画策されるとすれば、恐らく相手は近隣の有力な貴族家でしょう。そんな状況にお一人で立ち向かおうとされる彼女を、何か手助けできないでしょうか。

でも今の私には力もなく、適切な手立てが思いつきません。

「わかりました。私に何かできることがありましたら、いつでも仰って下さい。その際には助力させて頂きます」

そうお伝えするのが精一杯でした。


このところ、殿下との交流は等閑で、贈り物も途絶えてしまいました。

しかし、最近になって第二王妃様から「殿下から贈り物が贈られている様子が見られて、安堵しています」と言われました。

この一年以上、殿下より何かを頂いたことがありませんのに。

これは殿下が別の女性に貢いでいるのか。

王妃様の単に勘違いなのか。

それとも全てご存じの上で、婚約者の切り替えを考えていらっしゃるのか。

私に何か瑕疵があったのか。

……殿下をお慕いしているわけではないですが、何が起きているかわからない私は後ろ向きの考えに捕らわれ、不安の中自問自答していました。

イルムヒルト様を次に学院へお招きした際、雑談の中で顔色の悪さを指摘されました。

「アレクシア様、随分顔色が悪いですが、大丈夫ですか？」

「え、ええと……だ、大丈夫です……」

殿下のことで彼女にご心配をおかけするわけには参りません……。

ですが、イルムヒルト様は心配そうにお声を掛けて下さいます。

「あの、とても大丈夫には見えません。体調というより、深刻なお悩みごとを抱えていらっしゃるご様子ですが、私でよければ、ご相談にお乗りしますよ」

私は思わず目を伏せてしまいます。殿下との関係を、話すわけには……。

「……ここで話せないようなことでしたら、あちらの個室に参りましょう。一度悩みを吐き出さないと、倒れてしまいそうですよ。私はご存じの通り交友関係が狭いですし、誰にも漏らさないことはお約束します。さあ、どうぞこちらへ」

そう言って、イルムヒルト様は私を連れて個室に入り、内側から鍵を掛けます。

私を二人掛けのソファーに座らせ、横にイルムヒルト様が座ります。

イルムヒルト様は横で静かに待って下さいますが……、私はまだ、彼女に話すのを躊躇っています。

「大変なお悩みごとだとお見受けしますが……そのようなお悩みを分かち合って頂くには、私では友人として不足なのでしょうか……」

逡巡する私に、イルムヒルト様は落胆した表情で、そう言います。

「そ、そのようなことはありません！」

イルムヒルト様にそこまで言わせてしまったことに、慌てて言います。

「……その、婚約者とのことなのですが、誰にも話さないとお約束頂けますか？」

彼女を落胆させたことに心苦しくなり……勇気を出して相談を切り出しました。

彼女は、ゆっくり頷きました。

「……私に婚約者がいることは、ご存じかと思います。婚約者はこの学院で同じ学年、同じクラスなのですが……この一年近く殆ど交流がありません。ただ、ですが、先日婚約者のお母様から、婚約者が頻繁に私への贈り物を買っていることを知らされたのです。ですが私の元には、そのような贈り物は、一つも届けられておりません」

言いながら、殿下への不安が募り、目を伏せます。

「婚約者は、その贈り物をどうしたのか、と不安になりまして。別の女性に貢いでいるのか、お母様が勘違いしているのか、あるいは、婚約者が切り替えられようとしているのか……何が起きているのかわからず、私はどうしたらいいのか……ずっと、そんなことを悩んでいるのです」

イルムヒルト様が年下であることも忘れ、ついそのことを零してしまいました。

そうしたら彼女は突如私の両肩を掴み、真剣な面持ちで私の顔を見つめます。

「えっ、何⁉」

「アレクシア様は殿下の婚約者として、また周りの模範として人より沢山努力されている立派な方です。そんな貴女が、どうして選んでくれるのをただ座って待っているのですか！」

「！」

目を丸くする私に彼女は続けます。

「私は母や祖父母が亡くなった時、状況が変わるのを待っていたのではありません。自分の望ん

だ未来を掴むために、行動することを選んだのです。アレクシア様も、ただ待つのではなく、自分で選びましょう」

「自分で、選ぶ……？」

でも、殿下との婚約は王命です。私が選んだわけじゃない。

選ぶって、何を？

「相手を選べないなら、その相手を自分の思う通りに転がせばいいんです。転がってくれるならいいし、そうでなければ躾《しつ》ければいい。どうしようもなければ証拠を揃えて婚約解消を申し出たっていいでしょう」

「躾けるって、犬じゃあるまいし……」

猟犬は生まれながらにして猟犬ではない。飼いならして、躾けて、人の指示に従わせて、初めて猟犬として使える。そんな話を聞いたことがあります。

でも、殿下を、躾ける？

「王族の義務も婚約者の義務も忘れて別の女に入れあげているなら、盛りのついた犬と一緒です。そうでなくても、どうせ碌でもないことをしているに決まっています」

……確かに、普通ではないことをしているでしょう。それは、何となくわかります。

「言い逃れできないように調べ上げて、証拠を叩きつけて大人しくさせましょう。その後は、煮るなり焼くなり好きにすればいいんです」

……イルムヒルト様のお口が悪いですが、殿下が何をしているのかがわかれば、対処のしようもありそうです。でも……。

「座って待っていても、何も変わりません。アレクシア様はどうしたいですか！」

……私が、どう、したい？

この婚約は王命で……殿下や、その母親である、第二王妃殿下の意向で……。振る舞い方も、殿下との交流も、全部向こうの指示で。私の希望なんて、初めから、聞かれなかった……。

全部、向こうが決めてきた……それが、今の状況……。

だから、状況を変えるには……私から、何かをしないと、いけない？

そうだとしたら……私は、どうしたい？

まずは……知りたい。でも、どうやって？

「『どうやるか』は後で。まずはアレクシア様が『どうしたいか』です。それを口にしてみて下さい」

どうやって、よりもまず、どうしたいか……。

「それは……まずは、殿下が何をしているか突き止めたい……」

「それから？」

イルムヒルト様は、私から続きを引き出そうとします。

「……突き止めて、……何をしているの、と……問い質したい……」

「それから？」

彼女は、私の中からどんどん引き出していきます。

「……本当に貢いでいたり、碌でもないことをしていたりしたら、……引っ叩いてやりたい」

「それから？」

彼女は尚も、私の更なる『どうしたい』を引き出そうとしますが……表に出せない何かが、奥に引っかかっているのを感じます。

「まずは、どうしたいのか……言葉に出す前に、それを感じて下さい」

イルムヒルト様の言葉に、私は、自分が本当はどうしたいのか……自分に更に問いかけます。

私の顔は自然と俯きますが……イルムヒルト様は私の背中をさすります。

彼女の手の温かさに心強さを感じながら、私はもっと深く、深く、心に問いかけ……しばらくして、その引っかかっている思いを感じ、そのまま口にします。

「……本当に、……苦しい。解放されたい。……この婚約を、解消したい……！」

「他に、ありますか？」

イルムヒルト様が更に問いますが……私の奥深くにあった思いを口に出したことで、先ほどまでの重苦しさが、落ち着いてきていることを感じます。

「多分……今は、これくらいです」

心が大分軽くなっているのを感じ、顔を上げて彼女に返答します。

「良かった……。先ほどの思い詰めた表情が和らいで、いいお顔になっておられます」

イルムヒルト様が、私の顔を見て笑顔を見せ、私から手を離します。

しかし今度は、別の不安が出てきました。

「でも……突き止めるにしても、どうやって調べればいいのか……」

「では、どうすれば突き止められるか、一緒に考えましょう。アレクシア様がどうしたいのかは、言葉にできました。その手段を考えるのは、自分一人だけでやる必要はないのですよ。お父様やお母様へご相談してもいいと思いますし、私も知恵を出せます」

そうか、私は……どうすればいいかわからなくて、一人で塞ぎ込んで、後ろ向きになっていたのか。

どうしたいか、はっきりしたら。もう、一人で抱えている必要はないのね。

「……そうね、王命だからって、ちょっと受け身になり過ぎていたみたい。イルムヒルト様、ここからの相談も乗って頂けますか」

「勿論です。まずは、アレクシア様はどうしようと思っておられますか」

イルムヒルト様は、快諾下さいました。

そうね、自分で調べるには……王都に出られている殿下のことは、学院から出ていない私では、調べるのは難しいわね。だったら……。

「まずはお父様に相談して、王都に出て殿下が何をしているか、調査の手を借りられるか聞いてみましょう。駄目なら、独自で人を雇うか……」

落ち着いて考えてみると、つらつらとアイデアが出てきます。

イルムヒルト様も頷きます。

「そうです、そうです。まずは伝手でもなんでも、自分の使える手を順番に使っていけばいいんです。殿下にはウェルナー様やリッカルト様も同行されているのでしょう？　それでしたら、クリスティーナ様やカロリーナ様にも、ご相談できるのではないですか」

そうして、イルムヒルト様に具体的なことを相談しているうちに……気付けば、最初の陰鬱な気持ちは、もうどこかへ吹き飛んでしまっていました。


イルムヒルト様は、凄いな――いや、違う。

凄いな、で止まってしまったら……私は、今までの自分から、何も変われない。

――イルムヒルト様は色んなことをご存じですし、能力も素晴らしいですが。それでも多分、私とイルムヒルト様との差は、能力だけじゃない。

恐らく、それは……望む未来を自分で選び、何が何でも掴み取る。そんな決意。

その上で、彼女は全部自分で決めて、実行しているのです。

決意があって、自分で決めて、実行する。

そうか……私に欠けていたのは、これだったのですか。

「ええ、そうね。もう大丈夫。あとは何とかしてみるわ。イルムヒルト様、相談に乗ってくれて、ご心配をおかけして、ごめんなさい」

私は彼女に頭を下げます。

「いえいえ、友達ですから。そこは『有難う』でいいんですよ」

そう言って、彼女は笑ってくれました。

イルムヒルト様からは、本当に色んなことを学ばせて頂いています。

私は彼女から貰っているばかりで、私からまだ何も返せていない気がします。そんな私の友人でいてくれる彼女には、本当に感謝しています。

……子爵領のことを一人で全部抱えているイルムヒルト様には、言われたくなかったとは思うのですけど……。彼女の相談に乗るには、まだまだ私は足りていないということなのでしょう。

頼るばかりではなく、彼女にも頼られる友人でいたい。

だから私も——彼女の友人だと胸を張って言えるように、もっと成長しなければ。


その後お父様の手も借りて調べていくと、殿下は買った贈り物をなんと質に流していると判明。

ウェルナー様も同じことをしてお金を得ていました。

ではそのお金を二人して、どこで使っているのでしょう。

それを探ろうとしている頃、イルムヒルト様から手紙が届きます。『護衛を連れた若い男性の二人連れが、よく競馬場で派手に散財している』との情報を知らされました。なんというタイミング。

これを私に知らせるということは、その男性達が殿下の一行でほぼ間違いないと彼女は思っている、ということでしょうか。

とはいえ自分達で競馬場に乗り込んで確かめるのは、殿下の婚約者として以前に女性としての醜聞になってしまいます。流石にそこまではできませんので、その男性一行についての調査はお父様にお願いしました。

そんな調査や、卒業試験、卒業後の準備などで慌ただしくしていれば、気付けばもう卒業パーティーの一か月前。この頃には殿下の行動に対する調査報告が充分まとまりました。

纏めた調査報告を、お父様に報告します。

「これで、殿下を叩きのめす武器ができただろう。卒業パーティーの後にでもやってやりなさい」

「そのつもりです。この件、お父様はどうされますか？」

お父様はお父様で、王家に対する抗議をなさるはず。

「……アレクシアと殿下《クソガキ》との婚約解消を、王家に捻じ込んでやる」

聞こえてきた幻聴は、敢えて無視しましょう。

「え？　競馬場だけでは、そこまで行かないと思っていたのですが。——やはり、まだあるのですか？」

クリスティーナ様とウェルナー様は侯爵家同士。同格の家同士の婚約なら、質流しと競馬場の件だけでも解消になるでしょう。

でも、私の場合は王命による婚約です。これだけでは婚約解消にならない可能性は充分あります。

「……言っていなかったが、実は殿下の遊びは競馬場だけで済まなくてな」

「他にもありそう、というのはわかっていました。質流しで得た金額と、散財した金額が釣り合っていませんでしたからね。ただ、お父様がそこから先に踏み込ませませんでしたわね」

婚約解消に繋がってもおかしくない場所——蝶々が沢山舞っているところかしら。

「思いついても、レディの口にすることじゃないぞ」

考えていることを読んだお父様に釘を刺されます。

「……わかっています。私が殿下に叩きつけていいのは、ここまで、ということなのですね」

「そうだ。あと、私が王家に婚約解消を捻じ込む理由はもう一つある。耳を貸せ」

聞いた内容は驚愕のものでした。王家の影らしき集団が、殿下の行動を把握していた、ですか。

お父様、激怒されていますね。

私も腹立たしいですが、私が怒るべき相手は愚行を重ねたエドゥアルト殿下です。陛下の方はお父様にお任せします。

そうして臨んだ卒業パーティーですが……、まさかメラニー様の件で殿下がイルムヒルト様を糾弾なさるなど、あり得ません。

気になっていたメラニー様の件はひとまず黒幕が拘束されて良かったですが、殿下のせいでイルムヒルト様は更なる窮地に陥らされました。何とかしなければいけません。お父様とも相談しましょう。

殿下がまとめて詮議すると言ったので、別室で叩きつける予定だった質流しと競馬場の件を、パーティーの会場で皆が聞いている中で叩きつけてやりました。こんなのと結婚などしたら、後で苦労するのが目に見えています。

私が知る範囲を全て暴露した直後、王太子殿下が登壇し、パーティーの閉会を宣言されました。

そのまま王太子殿下に呼ばれ、お父様と共に王宮内の奥へ案内されます。

お父様と私は王宮奥の王族区画の一室へ、ウェルナー様やリッカルト様、クリスティーナ様やカロリーナ様は、王族区画ではない別の部屋へ連れて行かれました。

◇　◇　◇

私達が案内された部屋には、既に第二王妃殿下と第二王女ツィツィーリエ殿下が着席されていました。彼女達の間に王太子殿下、そして第二王妃殿下の反対側の隣に第二王子エドゥアルト殿下が着席します。

ちなみにツィツィーリエ殿下は、エドゥアルト殿下よりも三歳年上です。

……本来なら既に国内の侯爵家に嫁ぎ、王族籍を離れておられるはずでしたが、ご成婚直前でお相手の方がご病気で急逝されました。次に縁を結ぶお相手選びに難航しており、引き続き王族としてお務めになられています。

エドゥアルト殿下は、私達から目を逸らし、不貞腐れた表情をしています。

多分、競馬場だけのことだったら大した罰にはならないだろう、何かあったら第二王妃殿下に守ってもらおう、などと考えているのでしょう。

私とお父様は、円卓を挟んだ彼らの向かいに座ります。

全員が着席した時、第二王妃殿下が話し始めました。

「この度は、エドゥアルトが迷惑をかけました。まさかアレクシア嬢との交流を蔑ろにし、贈物を質に流して競馬場で遊ぶなどとは。このままエドゥアルトとアレクシア嬢が婚姻をしても、ちゃんとエドゥアルトが役目を果たせるか不安でしょう」

第二王妃殿下はちらとエドゥアルト殿下を睨み、また私達に目線を戻します。

「正式には王族内で調整してからとなりますが、元々一年後の予定だった婚姻を更に一年延ばし、エドゥアルトの再教育期間とさせて頂きたいの。その線で、バーデンフェルト侯爵家として受け入れを検討頂けるかしら」

やはり、第二王妃殿下は競馬場での散財だけのことと、軽く考えているようです。

お父様がこちらを見ます。私から先に話せということですね。

「申し訳ありませんが、そのような話をお受けするわけには参りません」

「……何故かしら、アレクシア」

先ほどとは変わって、いつも王子妃教育で私を叱責する時の厳し目の口調で、第二王妃殿下が私に問います。

「先ほどのパーティーで明らかになったことが、全てではありません」

私の中では、もう……どうしたいか、明白なのです。

今までのように、第二王妃殿下が強く出てきても、それに気圧されるわけにはいきません。真っ直ぐに第二王妃殿下を見返します。

「そもそも、質流しで得たであろう金額と、競馬場で散財した金額が合いません。差額は多額ですが、商業ギルドや商会などに預けた形跡もありません。それがどこに消えているのか……」

エドゥアルト殿下の顔色が蒼くなるのが、視界に入りました。

「それに今回の件、その装飾品を販売した商会から、婚約者として止められなかったことに訴訟を起こされております。しかし、エドゥアルト殿下とはこの一年殆ど交流をキャンセルされ、物理的に止めようがありませんでした。それも含めて、こちらの報告書に纏めておりますので、ご精読下さい」

そう言って、パーティー後に殿下に突きつける予定だった報告書をテーブルの上に出します。

部屋に控えていた侍従がそれを受け取り、第二王妃殿下に渡します。

それをパラパラと流し読んだ第二王妃殿下は、ふん、と鼻を鳴らし、報告書をテーブルの上に放り投げます。

「得た金額と使った金額の差が大きいのはわかりましたが、調査されてない以上、これについては何も答えようがありません。それで？」

第二王妃殿下はやはり、まともに取り合う気がなさそうです。

ここで私はお父様に視線を向けます。

ここから先は、お父様にバトンを渡します。

「その差額の話ですが、娘の報告書に入れられなかったのは、流石にこれはアレクシアに触れさせるのが憚られる内容だったからです。全部調べ上げていますよ、エドゥアルト殿下？」

そうお父様に言われたエドゥアルト殿下の肩が跳ね上がり、驚きの表情を浮かべます。

「な、な、……」

「エドゥアルト。お前……」

第二王妃殿下は驚いた顔でエドゥアルト殿下を見つめます。

王太子殿下と、ツィツィーリエ第二王女殿下も、内容について想像がついたのか、エドゥアルト殿下を睨みます。

「口に出すにも憚られるので、こちらの報告書をご覧下さい」

そう言って、お父様はもう一つの報告書——お父様は中身を見せてくれませんでしたが、何となく想像はつきます——を提出します。

それを受け取った第二王妃殿下は報告書を読みながら……目を剥き、頭を抱え出します。彼女が読み終わった報告書は、王太子殿下、第二王女殿下と回覧されます。

王太子殿下は報告書を読み進めながら、手は震え、目が据わっていきます。

ツィツィーリエ殿下は読みながら溜息をつかれました。

全員が読み終わるのを待ってから、お父様が発言します。

「こんな状態で婚約期間の一年延長など、あり得ませんね。理由はおわかりで？」

お父様が、王族の皆様を睥睨《へいげい》します。

流石に、対面する王族の皆様は、一様に顔色が蒼いです。

「バーデンフェルト侯爵家としては、アレクシアと殿下の婚約白紙を求めます。加えてアレクシアが殿下に仕えていた期間に対する賠償、質流しに関連して当家が被った損害に対する賠償も求めさせて頂きます。これらを王家に呑んで頂ければ、殿下の処分は王家内の問題です」

そうお父様が宣言しますが、部屋には沈黙が流れます。

「……すぐには返答できない。報告書の中身をよく検討させてほしい。その上で、正式な話し合いを別途設ける」

王太子殿下が、しばらく経ってそう述べました。

「まあ、そうでしょうね。陛下も交えて、よくご検討頂きたいですな。この一年だけではなく、アレクシアはずっと殿下に振り回され通しでした。エドゥアルト殿下に色々言いたいことがあるでしょうから、言わせてやりたいのですが、宜しいですか？」

「そ、それはまた後……」

第二王妃殿下が断ろうとしますが。

「ええ、構いませんよ」

「な、ヴェンツェル！」

第二王妃殿下を遮って、王太子殿下が了承してくれました。第二王妃殿下が王太子殿下を睨みますが、折角ですので、この際エドゥアルト殿下には言って差し上げましょう。

「エドゥアルト殿下。一体、何がしたかったのですか？」

そう言って、私と目線を合わせない殿下を見据えます。

「王族だからと言って、何をしても構わないわけではない。私はそう言い続けましたが、ついに聞いては頂けなかったようですね」

少し不貞腐れた表情で、エドゥアルト殿下はそっぽを向いたままです。

「以前の私は気が弱く、強気に出た殿下には逆らえなかったのが、却って殿下を増長させたのかもしれません。ですが、これでも私は、婚約者として殿下のことを考え、支えてきたつもりです。それが、このような有様では……」

私は頭を振ります。

「婚約者として歩み寄ることもなく、王族としての責務も果たさず、自分の好きなように振る舞うだけの殿下には……最早、私が何を言っても、届かないのでしょう。悪いと思っていないから、謝罪もありませんし」

エドゥアルト殿下は、目線を合わせないまま、ふん、と鼻息を吹きました。

「もうこれ以上、殿下を支え続けることに、疲れてしまいました。婚約者という立場から、私をそろそろ、解放して下さいませ」

そう言って、頭を下げます。

婚約解消を話してようやく、殿下が私を驚いた表情で見ます。

「わ、私は……」

「エドゥアルト」

第二王妃殿下が短く窘め、何かを言おうとしたエドゥアルト殿下を遮ります。

……エドゥアルト殿下を甘やかしたのは貴女でしょう、第二王妃殿下。

殿下を諫めもせず、今更自分が不利になる可能性のある殿下の発言を止めても、私の貴女への評価は変わりません。

「これ以上、ここで話し合いをしても無駄ですな。先ほどの報告書をよく読んで、ご検討下さい。バーデンフェルト侯爵家としての要求事項は先ほどの通りです。別途、賠償要求額の試算表を併せて、書面で送らせて頂きます」

そう言って、お父様は立ち上がります。

私もお父様の後に続いて立ち上がり、共に部屋を後にしました。

◇　◇　◇

数日後、お父様は王宮で王太子殿下と会談する機会があり、明細書の提示と、『更なる情報』を突きつけたそうです。

更なる情報というのが何かは教えて頂けませんでしたが、それが効いたのか、更に一週間ほど経ってから、王宮からの召喚状が届きました。

お父様、お母様と共に王宮へ行き、再び王宮内の王族区画の一室に通されます。

今度は王族側の席には誰も居らず、部屋の脇に宰相閣下、そして貴族省長官が控えています。

お父様、お母様と共に、着席せずにしばらく待っていると、部屋の奥の扉が開き、国王陛下と第二王妃殿下、王太子殿下、第二王女殿下、第二王子殿下の順で入室されます。

私達は、声が掛かるまで頭を下げて待ちます。

「本日は王家と侯爵家の話し合いの場だ。顔を上げて、着席してくれ」

国王陛下の声掛けで顔を上げ、用意された座席に皆で着席します。王族の方々も、控えていた宰相閣下と貴族省長官も順次着席していきます。

「本日はエドゥアルトと、バーデンフェルト家アレクシア嬢との婚約についてだ。先日受け取った報告書に基づいてエドゥアルトから詳細に聞き取りを行った結果、報告書の内容に大きな間違いはないことがわかった。このまま婚約関係を継続、および婚姻することは難しいというバーデンフェルト家の申し出を重く受け止めた上で、二人の婚約は白紙とさせて頂きたい」

「バーデンフェルト家として、その点は異存ありません」

国王陛下の宣言に、お父様が返答します。

これで……長かったエドゥアルト殿下との婚約関係が、ようやく終わります。

「ヴェンツェルに提出してもらった要求書にあった賠償金額の件についてだが、具体的な算定について、こちら側の想定と食い違いがある。賠償額については王家とバーデンフェルト家の継続協議とさせて頂きたい」

「……賠償についての継続協議は、了解しました」

お父様は納得いかない様子ですが、まず婚約白紙の手続きを進めるために、ひとまず了承したということでしょう。

「それでは、手続きを進めよう。宰相、貴族省長官、宜しく頼む」

「はっ。それでは、王家のエドゥアルト第二王子殿下と、バーデンフェルト侯爵家アレクシア嬢の、婚約白紙の手続きを行います。宰相である私デュッセルベルク侯爵、および貴族省長官であるミュンゼル法衣侯爵が、立ち会いさせて頂きます」

宰相の宣言の後、貴族省長官が書類を二通、テーブルの上に置きます。

「こちらはまず、婚約時の契約書でございます。こちらは失効となりますので、契約書の一番下、失効確認の欄に、アレクシア嬢、バーデンフェルト侯爵、エドゥアルト殿下、国王陛下の順でサインをお願いします」

貴族省長官が、また別の書類を二通テーブルの上に置きます。

「こちらは、婚約白紙に関する取り決め書となります。本日付でエドゥアルト殿下とアレクシア嬢の婚約が白紙となること、賠償については別途王家とバーデンフェルト家の間で協議することが記載されております。こちらについては、バーデンフェルト侯爵、および国王陛下のサインをお願い致します」

貴族省長官が、二通の婚約契約書を私の前に、取り決め書をお父様の前に差し出します。

ペンを長官に渡され、書こうとした際に、突如エドゥアルト殿下が発言します。

「父上、発言を宜しいでしょうか。アレクシアに聞きたいことがあります」

「……構わんが、何だ」

国王陛下の許可を得た後、エドゥアルト殿下がこちらを見つめます。

「アレクシア。……お前は、それで構わないのか？」

……は？　何を言っているのでしょう。

「アレクシア嬢も、発言して構わない」

発言の許可もありませんし、一人困惑していると、国王陛下が発言を許可して下さいました。

「……構わないのか、とは？」

「これで、私と君の婚約が切れることになる。王子妃としての未来もなくなるが、それで構わないのか？　元々、私の妃になりたくて、君が家を通じて捻じ込んできた婚約だろう」

ますます彼が何を言っているのかがわかりません。

横でお父様、お母様の纏う雰囲気が変わったのを感じます。これは相当怒っていますね。

「仰る意味がわかりません。この婚約は、あくまで王家の側から婚約を結びたいと当家に指名があったもの、王命による契約でした」

「……王命、だった？　だが、君は……」

尚も、何かをエドゥアルト殿下が言い募ろうとしますが、多分、聞くに堪えないことのような気がしましたので、殿下の発言を遮り言いたいことを言わせて頂きます。

「王子妃になりたいなどと、申し上げたことどころか、考えたこともございません。そもそも王命として受けたもので、殿下のことをお慕いしていたわけでもありませんが、せめて婚約者として寄り添おうと努めて参りました」

「……え？」

今度はエドゥアルト殿下が当惑しています。何故？

「ですが、年を経るごとに交流は減っていき、婚約者でしかないのに何故か仕事は増えていき、他にも色々な理不尽もありました。特にこの一年は殿下の尻ぬぐいばかりさせられ、いつの間にか贈り物の予算が勝手に使われ……。殿下の側が、婚約者として私に寄り添う気がなくなったものと思いました。そんな関係性のまま、どうして婚約を続けたいと、私が思うのですか？」

　エドゥアルト殿下を見据え、はっきりと発言します。

「……それは、聞いていた話と違う。君の強い希望でこの婚約が結ばれた。君が私を慕っているから、多少のことは目を零してくれるのだ……。私は、そう聞いていた……」

　殿下は目を見開き、ぽつりぽつりと言います。

「そのような事実はありませんが、それを一体どなたから？」

「ウェルナーもそう言っていたし、それに……」

　そう言って、エドゥアルト殿下は横目で、第二王妃殿下の方を見ます。

　第二王妃殿下は目線を宙に巡らせ、素知らぬ顔をしていますが、やはり。

「アレクシア、『仕事が増えた』とか、『色々な理不尽』とか、詳しく聞かせてくれないか？」

　お父様が訊いてきます。

　私はお父様に頷き、またエドゥアルト殿下と、第二王妃殿下の方を向いて話します。

「仕事についてですが、私はあくまで婚約者でしたから、本来は王族としての公務はなく、練習課題が与えられるだけのはずでした。しかし、私の練習課題の中に、時折、本物の公務書類が混じっていることがありました」

第二王妃殿下の目が据わります。

「あくまで、あれは練習課題と言ったはずです！」

第二王妃殿下は私を睨み、強い口調で詰問してきます。

私を強く責め、引かせるつもりなのでしょうが、その手はもう通用しません。

「では何故、私のサインではなく、エドゥアルト殿下のサインや、場合によっては第二王妃殿下のサインを真似て書くよう指示されるのですか？　しかもその書類が何故、関係各所にそのまま提出されているのでしょう？」

流石にこれには、国王陛下も王太子殿下も、第二王女殿下も目を剥いて、第二王妃殿下を睨みます。

第二王妃殿下が私を睨む目やその表情は変わりませんが、手が震えています。

エドゥアルト殿下は……私から目を逸らしました。

「『私やエドゥアルトが体調不良の時にも公務を止めるわけにはいかないから、そのための練習です』と仰っていましたね。そうやって、本物の公務書類を何度も私に処理させましたが、どういった理由で？」

私のこの発言にも、第二王妃殿下が私を睨んだまま、黙って答えません。

その横で、王太子殿下や第二王女殿下の纏う雰囲気も変わってきたことに、第二王妃殿下は気付いているでしょうか。

「他にも、王族教育のサボタージュですとか、何度となくエドゥアルト殿下をお諫めしても聞き入れられず、第二王妃殿下に相談したら『アレクシアがちゃんと手綱を握らないから』と、私のせいだということになってしまい、逆に叱責されたということは何度もありました」

エドゥアルト殿下の怠け癖も、私が叱責されたことも、この際全部話します。

「どうして母親である第二王妃殿下が注意せず、単なる婚約者でしかない私が叱責されなければならなかったのでしょうか？」

第二王妃殿下が何かを話そうと口を開く前に、王太子殿下が割り込みます。

「有難う、アレクシア嬢。つまり義母上は、エドゥアルトを甘やかして好きにさせ、その分アレクシア嬢を叱責して自分の言いなりにさせ、義母上とエドゥアルトの公務をアレクシア嬢に押しつけていたというわけだ」

「ヴェ、ヴェンツェル、それはアレクシアの言い方が悪いだけで、何かの誤……」

慌てて弁解しようとした第二王妃殿下を、王太子殿下が睨み黙らせます。第二王妃は流石に分が悪いと思ったのか、蒼い顔をしています。

「……アレクシア、すまなかった」

その沈黙を破り、エドゥアルト殿下が頭を下げます。

「エ、エドゥアルト！　王族が頭を下げては駄目です！」

「義母上は黙っていて下さい」

第二王妃殿下がそれを止めようとしますが、王太子殿下が第二王妃殿下を黙らせます。

「それは、何に対する謝罪なのでしょう」

エドゥアルト殿下に声を掛けます。自分の声が、思った以上に冷たい声になっています。

「……婚約からほぼ十年、公務や王族教育、先日のパーティー。今まで色々、迷惑をかけた。それに対して謝罪したい。母が何と言おうが、私が思うに、君に非はない。……申し訳なかった」

エドゥアルト殿下はより一層深く頭を下げ、私に謝罪の言葉を述べます。

私は目を閉じ……今までのことを思い浮かべます。

最初は殿下も優しかったのを覚えています。でも段々邪険にされ、等閑にされ……。

最近は尻ぬぐいしかしていませんでした。

……婚約して十年の、長い日々が胸に去来します。

色々な目に遭いましたが……初めて殿下が頭を下げてくれて……。

短く述べられた謝罪に、私は到底満たされたとは言えませんが。

頭を下げてもらったことで、ようやく、一区切りついた気がします。

「一応、謝罪は受け取りました。今日を最後に、もうお会いすることはないと思いますが、殿下におかれましては、今までのことを見つめ直して頂ければと思います」

私も殿下に頭を下げます。

「はあ……。賠償についても多くを呑まなければならないようだな」

国王陛下が落胆した表情を見せます。


その後、書類に全員がサインします。

記入された書類を貴族省長官が受け取った後、宰相閣下が宣言します。

「これにて、エドゥアルト殿下とバーデンフェルト家アレクシア嬢の婚約は白紙となりました。ここに、立会人である宰相、デュッセルベルク侯爵、および貴族省長官であるミュンゼル法衣侯爵が証明致します」

宣言の後、宰相閣下と貴族省長官は退室していきます。

「では、我々も失礼致します」

「わかった。賠償額の協議については、また侯爵に連絡する」

お父様が帰ることを陛下に告げ、陛下が返答後、三人で立ち上がって部屋を後にしました。


「やっぱり……今まで色々、我慢してきたのね」

王宮からの帰りの馬車の中、今までのことを思い浮かべながら、ぼうっと窓の外を眺めていると、お母様が声を掛けてきました。

ふと、自分が涙を流していることに気付きます。

お母様は私の横に座り、ふわりと抱きしめて下さいます。

……今までの辛かったことが、次々に思い出されるものが……言葉に溢れます。

「……お、お母様……。い、今まで……、王妃殿下に、散々、叱られて……。何で、叱られるのか……、わからなくて……。エ、ドゥアルト、殿下、も……頭ごなしで……」

お母様に抱きしめられ……言葉が、涙が、勝手に出てきます。

「ええ、ええ。もう、我慢しなくていいのよ、アレクシア。全部、話して？」

お母様が優しく背中をさすりながら言います。

「で、でも……私が、しっかり、しないと……家に、迷惑が、掛かるって……王妃殿下に、言われ、続けていて……」

……もう、心の中だけに留めなくていいのだ、そう思うと……私の中で渦巻いていたものが、止まりません。

「……ごめんなさい、アレクシア。貴女がそんなに辛い目に遭っていたのに、ずっと気付いてあげられなくて……」

お母様が涙を浮かべ、ぎゅっと抱きしめてくれます。

「……お母、様、お父様。ごめん、なさい……。私、私が……弱かったばかりに、あんな……」

婚約が終わったこと自体は……後悔はありませんが。それでも……私が弱かったばかりに、お父様、お母様に迷惑をかけたことを、申し訳なく思って……。

それを話そうとしても、上手く言葉になりません。

「アレクシア、気にしないで。……あんな王家と、婚約しなくったって……私達は、困らないわ。今日は、いっぱいお泣きなさい」

お母様も涙を流しながら、抱きしめながら……どこまでも私に優しく、声を掛けてくれます。

「アレクシアは何も悪くない。むしろ私達が力不足で、すまなかった」

お父様も、私の頭を撫でながら、優しい声で私に謝ってきます。

そんな、今の私を肯定してくれるお父様とお母様に、私は感極まって……。

「お、お、お母様ぁ……お父様ぁ……うあああああっ！」

そうして、馬車の中でお母様に抱かれ、お父様に頭を撫でられながら、幼子のように泣きじゃくった私は……いつの間にか、眠ってしまったようです。

気が付いたらもう、夜も白み始めた頃。

邸の自分の部屋で、お母様に添い寝されて寝ていました。


やっと、婚約から……エドゥアルト殿下と第二王妃殿下から、解放されました。

今思い返すと、二人に脅しつけられ、いいように使われ……あのままエドゥアルト殿下と結婚していたら、どうなっていたでしょう。

イルムヒルト様に目を覚ましてもらわなければ、私は一体……。

少し想像しただけで、ぞっとします。

……今から新しい婚約者を探すのは困難だと思いますが、しばらくは、婚約、結婚は考えたくありません。

幸いにもこれから商務省に入省しますし……仕事を頑張っていれば、殿下とのことは忘れられるでしょうか。

あとがき

初めまして。六人部彰彦《むとべあきひこ》です。

本作「王宮には『アレ』が居る」を手に取って頂き、有難うございます。

私にとっても初めての小説である本作は、頭の中だけで数か月イメージを膨らませ、終わりまでの大筋を決めてから書き始めました。

本作を書き上げ、WEBサイトに投稿したのは、二〇一九年のこと。

ですが今回書籍化のお話を頂いて、WEB版を自分で改めて読み返してみて、愕然としました。

「自分の書きたかったモノに、ちっともなってねえ！」

思えば当時は、この話を勢いに任せて書きましたからね。

読み返すと、本当に書きたかったモノから抜け落ちているものが多過ぎて、『ここを直せ』『こんな話を書け』と、頭の中でゴーストがささやくのです。

そんなわけで、今回の書籍化に当たっては、元々投稿したものから大幅に加筆修正しています。

背景や描写を追加したり、縦書きの書籍として読みやすくする修正をしたり。

WEB版にはない、丸々追加したエピソードもあります。

一巻の範囲だけでも、前と比較して五割増に近い分量になっています。

初めてこの作品に触れた皆様だけでなく、WEB投稿から応援して下さっている皆様も、充分楽しんで頂けるのではないかと思っています。

願わくは、この作品に触れて頂いた皆様に、主人公イルムヒルトや、アレクシア・マリウス姉弟達の成長を、今後とも見届けて頂ければ有難いです。


最後に謝辞を。

企画担当のC様。今思えばまだまだ稚拙だったWEB上の本作を見て、声を掛けて頂き有難うございました。貴方が居なければ、本作が生まれなかったこと、厚くお礼申し上げます。

編集担当のY様。ご丁寧な対応により、本作の世界観が広がることになりました。厚くお礼申し上げます。それと、アホみたいに分量が増えてすいませんでした。

イラストをご担当頂きました三槻《みつき》ぱぷろ様。先生の表現により、登場人物達に魂が宿り、作品の世界観が何百倍と広がったと思います。この場を借りて厚くお礼申し上げます。

それから、WEB版から応援して下さった読者様、書籍版を手に取って下さった読者様に最大の感謝を申し上げます。

読者の皆様には、より本作の世界が深まる続編にて、お会いできることを願っております。

六人部彰彦

ティルブックス

王宮には『アレ』が居る　1

2023年8月28日　第1刷発行

著　者　六人部彰彦　

発行人　鈴木幸辰
発行所　株式会社ハーパーコリンズ・ジャパン
東京都千代田区大手町 1-5-1
03-6269-2883（営業部）
0570-008091　（読者サービス係）
印刷・製本　中央精版印刷株式会社

Printed in Japan K.K.HarperCollins Japan 2023
ISBN978-4-596-52264-1

※この作品はフィクションであり、実在の人物・団体・事件等とは関係ありません。

※本作は Web 上で発表された小説『王宮には『アレ』が居る』に、加筆・修正を加えたものです。